JN056479

リリ
パック＝
システル

モリヤ
ドラ

聖女の雑用係をクビになった僕は
幼なじみと回復スキルで世界最強へ！

かなりつ

ぶんか社

C O N T E N T S

プロローグ

「世界最高の回復術師に僕はなる！」

そう言って故郷のリミルミトン村を出たのが十二歳の春だった。

あれから早三年。

僕、パック＝システルはこの国でもトップの救護院『救済の森』で働いていた。

救済の森はこの国全土に支部がある巨大な救護院だった。

日々色々な怪我や病気を治すために人が集まってくる。

救済の森へ就職を希望する者はもちろん多く、選ばれた者しか働くことはできなかった。

就職希望者の数はこの国の兵士を希望する者よりも多く倍率も高いと言われている。

僕は今救護院の倉庫で資材の整理をしていた。

この資材の管理というのも大切な仕事の一つだ。

道具を整理しておくことでいざという時にすぐに使えるのだ。

「パック！　どこにいるのパック」

静まり返った救護院の奥で僕のことをあんな大声で呼んでいるのは聖女モリヤだ。

僕が雑用をするための部屋から出ると、

「あら、そこにいたの？　ちょっと部屋まで来てくれますか？」

そう優しく声をかけてきた。

僕は彼女の後ろについて歩いていく。

聖女様自ら迎えに来るなんて僕も出世したものだ。

聖女様は今まで色々な奇跡を起こしてきた。

その中でも特に語り草となっているのが、この国で流行り病が発生した時に回復薬を一晩で千本作成し王様へさしあげたという逸話だ。僕はその時にも手伝いをさせて頂いた。

あの時はとにかく無我夢中で沢山の回復薬を作成したのでどれくらい作ったのかは覚えていないが、少しは聖女様の役に立てたようだった。

本来は聖女様が作った高品質の物じゃなければいけなかったんだけど、僕の回復薬でもその流行り病に効果があるということだった。それからというもの聖女様に回復薬を作るようにと声をかけて頂いている。

あの時、聖女様が国へ千本納めたおかげで、この国での救護院の力が急激に強くなった。

聖女様一人でもきっと余裕で千本くらいは作ることはできただろうが、僕のような者にも回復薬を作るチャンスを頂き非常に感激したのを今でも覚えている。

聖女様の仕事とは主に神様から与えられたギフトによって回復薬を作り、怪我人や病人を回復させることだ。もちろん、聖女様以外にも僕たちのように回復薬を作ることはできるが、聖女様ほど高品質な物を大量に作ることができる人は世界でもかなり少ない。

そのため聖女様の部屋は救護院の一番奥の静かな場所にあり、常に集中できるよう邪魔が入らないようになっていた。もちろん、救護院の奥だからといって警備がされていないわけではない。ものすごく厳重な魔法がかけられ許可がない者は近づくことさえできないって話だ。

「失礼します」

「どうぞ」

声だけを聞いているとすごく可憐で可愛い印象だ。

扉を開き入室するとそこには質素な部屋がある。

何もないわけではないが、きらびやかな物など見つからない。

それもそのはずだ。

聖女様の部屋の奥に隠し部屋があり、手前のここは一般人へのアピール部屋でしかない。財宝や金品はすべて奥に隠され、夜な夜な彼女がそこで財宝や宝石を愛でているのは公然の秘密となっている。

僕が部屋に入ると、聖女様が防音の魔法を部屋にかける。そして彼女の態度が一変した。

「はぁ、それで回復薬の作成が遅れているようだけどどういうことなの？　あんたさ、ここに雇ってもらっていることにもっと感謝した方がいいわよ」

「申し訳ありません。モリヤ様。僕もどうにかモリヤ様のように一日千本ちょっとまでは作れるようになったのですが、さすがに二千本というのは難しくて」

「ねぇ？　誰が口答えしていいと言ったの？　私だって一日千本くらいは余裕で作れるのをあなたにチャンスとしてやらせてあげているのよ。せっかくチャンスを貰っているんだから、できないじゃなくて、どうしたらできるかを考えるのが大人ってものでしょ？　千本ができたなら二千本もできるわよ。はい、じゃあ私に続いて繰り返して。千本作れれば二千本も作れる、はい」

「千本作れれば二千本も作れる」

「僕には二千本作るのも余裕」

彼女は嬉しそうに僕の方を見ながら、言わせるのを楽しんでいる。

「ぼっ僕には二千本作るのも余裕」

「言ったわね。それじゃ明日が二千五百本の納品期限だから寝ずに作りなさい」

言ったわねじゃない。完全に言わされている。

しかも二千五百本なんて量が増えているしもう無茶苦茶だ。

「もう少しなんとか数を少なくして頂けないでしょうか？」

「あぁそれは違うわよ。何を勘違いしているの？　それじゃあ私が無理やり作らせているみたいじゃない。あなたは自分から志願して作りたいはずよ。だってそうでしょ？　あなたが救済の森に入れたのは誰のおかげ？」

「モリヤ様のおかげです」

「そうでしょ？　作りたくないの？」

「つっ、作りたいです」

「はぁ？　よく聞こえないんだけど」

「作らせてください」

僕は彼女の前で膝をつき頭がめり込むんじゃないかってほど、地面に頭をこすりつけ必死に懇願した。

「よくわかっているじゃない。それじゃあ確認をするわよ。救護院に入る試験の時にその才能を見つけてあげたのは誰？」

「モリヤ様です」

「下っ端では絶対に入れないここの部屋に入れてあげているのは誰？」

「モリヤ様です」

「あなたがこうして働けているのは誰のおかげ？」

「モリヤ様のおかげです」

「ならわかるわね？」

僕は諦めて頷(うなず)くしかできなかった。

回復薬を聖女の代わりに作成する係。それが僕の役割だった。

第一章

その日、僕は寝ないで回復薬を作っていた。

回復薬を作るのはそれほど難しくはない。

回復薬の瓶(びん)に魔力を込めて回復薬でいっぱいにしてやればいいのだ。

僕には才能はないが一回で十本くらいは作ることができる。

これをたった二百五十回やればいいだけだ。

だけど、この二百五十回は本当に気が遠くなる。

今までは一晩で多くても千本だったが、今回はその倍以上だ。

それにしても、もう少し早く言ってくれれば、なんとかなったかもしれないのに、いつも思い付きで言われてしまうから困る。

それから僕がなんとか二千本を作り終えた時、僕は重大なミスに気が付いた。

「おかしい…瓶の数が……」

改めて数を確認してみると回復薬を入れる瓶が足りない。

てっきり作れと言われていたから瓶はあまるくらい準備されていると思ってしまった。

「まずい……これはまずいぞ。なんとかしなくちゃ」

僕は急いで瓶を卸(おろ)してくれている雑貨屋マルクへ急いだ。

扉をドンドンと叩きながら店主を起こす。

まだ日が昇りもしない時間帯でかなり迷惑だが、たまに怪我人が多い時などは夜中でも対応してくれるのでお願いするしかない。

「ドルドさん！　すみません！」

「はぁ〜あいよー。その声はパックか？　今開けるからちょっと待ってくれ」

「すみません。夜遅くに」

ドルドさんはマルクの店主でいつも、こんな急な時にでも対応してくれる雑貨屋のおじさんだ。たいていのことはお願いするとなんとかしてくれる。

「大丈夫だ。それより今日はどうしたんだ？」

「聖女様の作る回復薬の瓶が足らなくなってしまって。どうにか確保できませんか？」

「何本くらいだ？」

「三百本くらいなんですが」

「三百か。それは厳しいな。今ある在庫が百三十本だから、まずはこれを全部持っていけ。後はそうだな。瓶作成のトロンを叩き起こそう。あそこになら納品前のがまだあるはずだ」

ドルドさんは寝間着のまま、夜の街を走り瓶工場まで行ってくれる。

「おい！　起きろ！　トロン！　朝だぞ！」

ドルドさんが遠慮なく扉をガンガンと叩く。

「おーい。起きないと扉を蹴り破るぞ」

「ちょっちょっと待て！　今開けるから！」

トロンは目をトロンとさせながら、慌てて扉を開ける。

「なんだよ。こんな朝早くから。おっパックか。元気か？　身体が資本だからな。無理し過ぎるなよ。それにドルドか。どうしたんだよ？　ドラゴンでも現れたか？」

「いや、聖女様が回復薬を作っているらしいんだけど、あと百七十本ほど入れ物が足りないらしいんだよ。だからどうにかならないかと思ってな」

「うーん百七十本はないな。百本はあるから持っていくといい」

「トロンさん、ありがとうございます。」

「いいよ、いいよ。パックにはいつもお世話になってるからさ。こういう時こそ助け合いだ。ただ、あと七十本はな……」

「大丈夫です。とりあえずこれだけ持って帰ってみます。残りの七十本は救護院のどこかに在庫がないか探してみます」

「あぁ、何かあればいつでも言うんだぞ。お前のためならこの辺りの奴はみんな手伝うからな」

僕はいつも、救護院に内緒で簡単な怪我程度であれば街の人を治してあげていた。

本当はお金を貰わないといけないんだけど……救護院で売っている回復薬はなかなか高くて買うことができない。

僕のような下っ端が作らされている下級ポーションでも、一本で街の人の平均的な月の稼ぎを持っていかれてしまう。

僕には大したことはできないけど、人を助けたいって気持ちはすごくあるんだ。

だけど、いつまで経っても聖女様のようなすごい回復薬は作れない。

おっといけない。

早く戻って続きの回復薬を作らなくちゃ。

空き瓶あと七十本、あるといいけど。

僕は救護院に戻って回復薬の作成を始める。

残りの瓶はとりあえず、後で探そう。

頂いた瓶に魔力を込めると急に頭痛と吐き気がして目の前が回転し始める。

魔力欠乏症の症状だ。

あれ？　どこだ？

僕は急いで魔力回復用のキコの実を口の中に入れる。

キコの実は大量の魔力を帯びた木の実で、その実は魔力の回復に使われている。キコの木は杖や木剣に使われ、魔力との親和性が高く、魔法を補助してくれる武器として愛用する人も多い。

キコの木剣は、魔法使いが魔力を込めると実際に魔物などでも斬ることができるようになる。

ただ、僕のような普通の庶民にはキコの杖や剣は買うことはできない。

非常に高価な品なのだ。

キコの実も非常に高価だが、魔力欠乏症で倒れでもしたら困るので、前に念のために買っておいた物だ。実際、僕の給料の半分以上はキコの実でなくなっている。

前に一度、回復薬を作るのにキコの実が欲しいと伝えたら、下っ端は自分で買うものだと怒られた。まずは雑用以外に仕事をしてからだとも。

僕の回復薬作成は聖女様から秘密だと言われている。

だから、救護院の普通の雑用もこなさなきゃいけないし、魔力欠乏で倒れるわけにもいかない。

なので、聖女様に特別に目をかけられているのではないかと、やっかむ人もいる。

前に、なぜ秘密なのかを聞いてみたことがあった。

そしたら、

「あなたのような無能が作った回復薬だなんて知ったらみんなどう思う？　私はあなたにわざわざ経験を積ませるためにやらせてあげているの。それが嫌なら辞めなさい」

僕はそれ以上何も言うことはできなかった。

僕のような人間が回復薬作りを手伝わせてもらっているだけで、感謝しないといけない。

なんとか、夜明けまでに二千四百三十本を作成することができた。

だけど、やはりあと七十本分の瓶が足りない。

そのまま瓶を探しに行こうと椅子から立ち上がった時、急に頭痛とめまいがして身体の力が抜け、そのまま意識を失ってしまった。早くキコの実を……。

こんなところで倒れていないで、早く回復薬を作らないと……。

「起きなさい！　いつまで寝ているのよ！」

僕は聖女様のイライラした声で起きた。

「あっすみません。いつの間にか寝てしまいました」

どれだけ気を失っていたのかわからない。気持ち寝る前よりはスッキリしているが、身体はまだ鉛のように重かった。

「寝てるなんていい身分ね！　ちゃんと終わったんでしょうね？」

「えっと……」

「はっきりしなさい！　腹に力を入れてハキハキ話す！」

寝起きでまだぼんやりとしている頭を一生懸命働かせようとしたところ、頭の上から僕が作った回復薬をかけられる。

「寝起きで頭が回っていないようだから、起こしてあげたのよ。私って優しい。それで回復薬はできたんでしょうね？」

「もっ申し訳ありません。二千四百三十本まではできたんですけど、容器が足りなくて、雑貨屋さんとかにも買いに行ったんですが……」

「はぁ？　もしかして夜中に住民の方を起こしたの？　あなたどれだけ迷惑かければ気が済むのよ。それに、瓶が足りないなんて在庫の管理をしていなかったあなたのミスでしょ。よくそれでお給料貰おうと思えるわね。私だったら、お給料貰えないわ。しかも、住民の方に迷惑までかけて二千四百二十九本しか作れないなんて、本当に無能。あんた才能ないわ」

「あっえっと今聖女様が一本使ってしま……」

「黙りなさい。あなたのために使ってあげたのに、それを文句を言うなんて恥を知りなさい。本当に不愉快だわ。さっさと雑用へ行きなさい」

「はい」

僕は自分の失敗を責めた。

ちゃんと在庫管理をしていればこんなことにはならなかったし、夜中にドルドさんを頼ったりしたのも迷惑をかけてしまった。

本当に僕は迷惑ばかりかけてしまう。

その日の雑用は、寝不足で魔力切れだったこともあり、ずっと怒られていた。

もう限界かもしれない。


翌日はちゃんと寝たことにより、だいぶ回復していた。

仕事が終わってからドルドさんとトロンさんたちに謝罪しに行くと、気にするなと言われ、パックが大変な時にはいつでも協力するからと励まされてしまった。

二人にはお金とは別で僕が作った下級ポーションをお礼に渡しておいた。

「パックの回復薬は、他のどんな回復薬よりも効くからな。助かるよ」

なんてお世辞を言ってもらったが、僕の回復薬なんてたいしたことはない。

回復薬は大量に作るよりも一つに魔力を集中させた方が効果が高いのは誰でも知っている事実だ。量を多く作れる回復術師というのは、それだけで効果が薄いと相場が決まっているのだ。

もちろん聖女様のように選ばれた人は別だが。

二人にお礼を言い、僕は寮に戻るために歩いていると、幼馴染のリリに出会った。

「パック！　こんなところで会うなんて偶然だね。どうしたの？　顔色がだいぶ悪いよ」

「あぁ、ちょっと一昨日回復薬を徹夜で作ってたからね」

「なんだまた無理したの？　パックの回復薬はよく効くからね。そうだこれから一緒に飲みに行かない？」

幼馴染のリリは僕と同じ田舎から出てきて、同じ救護院で働いている。リリにだけは僕が聖女様の代わりに回復薬を作っていることを打ち明けていた。

彼女は金色の髪にクリクリした可愛い目をしていて、誰もが振り返るほどの美人だ。小さい時、怪我をした彼女に回復薬をあげて以来、僕を何かと気にかけてくれ救護院までついてきてくれた。

僕が村から出るとリリに言った時、リリは僕の夢を近くで見たいと言ってくれそのままの勢いで僕が就職する救護院に一緒に就職してしまった。

リリは回復術師ではないが、ちょうど運良く救護院の警備が募集されていたため、現在警備として救済の森で働いている。

僕はよくわかっていなかったが、リリには『牽制(けんせい)』とかっていう称号？　スキル？　があるらしい。

きっと、避けたり挑発してヘイトを稼ぐようなスキルなんだと思っている。

小さい時にリリから説明を受けたが今さら恥ずかし過ぎて聞くに聞けない。

その牽制のおかげで、今では救護院の防衛を指揮する千人長という役職についている。

リリは本当に才能豊かでうらやましい。

僕はそのまま、飲み屋へと半ば強引に連れていかれた。

今日はもう帰ってゆっくりしたかったんだけどなー。

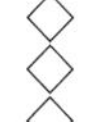

「さぁ今日は飲むわよ！　私のおごりだから安心して飲みなさい！」

リリはそう言いながらジョッキのエールを僕に二つ渡してくる。

「わかったよ」

僕はエールを二つともキンキンに冷やして一つをリリへ返した。

これは生活魔法の一つで、小さな頃に覚えたアイスという魔法だった。

回復術師は上位になると、取れた腕でもくっつけることができる。

でも、そのためには、腕を冷やしておいた方がくっつく可能性が上がるというのが、回復術師協会で発見されたのだ。

誰が最初に冷やすことを思いついたのかは知らないが、これは大発見だった。

そのため、回復術師はこのアイスの魔法を覚えている人が多い。

もちろん、世界に数人しかいないと言われている最高クラスの回復術師は、なくなった腕でも生やすことができると言われている。

実際には僕も見たことはないので噂でしか聞いたことはないけど。

僕も立派な回復術師になるためにアイスの魔法を覚えたが、今はリリのエールを冷やすためにしか使われていない。でもいつか、そういう日が来た時にできないと後悔しか残らないから、事前にできる準備はできるだけしておきたいと思っている。

「それじゃあ！　かんぱーい！」

リリはグビグビと一気に飲み干す。

「おばちゃん！　もう二杯追加でお願い！　いやーやっぱりパックのアイス魔法はすごいよ！　普通こんなに早く冷えないもの。みんなゆっくり冷えるか温いままだからね」

僕はまだ飲み終わっていないが、リリはいつも僕の分も頼んでくれる。

そして、必ず僕の魔法を褒めてくれるがアイスの魔法なんて生活魔法の一つで覚えようと思えば誰でも使える。

一度街に賢者と呼ばれる人が来ていた時なんて、酒場の樽全部に一瞬でアイスをかけていた。

僕には到底あんなマネできない。

「パック大丈夫？　なんか今日はいつも以上に落ち込んでいるようだけど」

「ごめんね。いつも気を使わせてしまって。ちょっと仕事でミスをしてしまってね。救護院でやっていく自信がなくなっていっているんだ」

「そうなんだ。詳しく話してみなよ。私でできることがあるなら協力するし」

僕は具体的な本数などは伝えずに、失敗してしまった内容をリリに伝える。

そして、結果的に雑用も失敗してしまったことも。

リリはずっと黙って僕の話を聞き、時に頷き、時に共感して、上手く話を聞き出してくれた。

「そうか。パックはいつも頑張り屋だし、努力しているのも私は知ってるよ。だけど、そんなに辛いなら逃げてもいいよ。いつも一生懸命で、自分の力以上に頑張ってしまうけど、別に失敗してもいいんだよ。失敗から学べることは沢山あるし、ジャンプするのには一度かがまなければいけないように、高く飛ぶためには休んだり、悩んだり、失敗することも必要なんだから」

「でも……」

僕が話そうとするのを止めて、さらにリリは話を続ける。

「でもじゃない。私はパックに一度命を救われているの。その時に私はあなたについていくって決めたのよ。だから、あなたはどこにいても一人じゃないの。もっと自分をさらけ出していいし、辛い時には今日みたいに話してくれていい。ゆっくりでいいんだよ。一度きりの人生なんだから、途中で諦めてもいいし、今まで頑張ってきたんだから。それに、もしダメなら一緒に冒険者になりましょ。私かなり強くなったのよ」

リリは僕のことを優しく抱きしめる。

「大丈夫。あなたには私がついている。どんなことがあっても私はあなたの味方だし、あなたの行く先がどんなに険しい道でもついていくわ。だって私は誰よりも強くて、そして剣に愛されている『剣星』なんだから。パックを守るくらいなんでもないわ」

だんだんリリの声が小さくなっていく。

「私……守れるくらい強くなれたよ。それはあなたがいたからだよ。あなたの素晴らしさは私が一番わかってる。そんなに辛いなら辞めて一緒に冒険者でもやろうよ。私、実はね……あなたのためにね」

リリは身体を少し離し、自分の額を僕の額にぶつけてくる。

顔が赤い。言葉も繰り返しが増えてきている。

「ぎもぢ悪い」

そしてリリの頬が一瞬膨らむ。

今日はだいぶ早いみたいだな。

僕はリリに解毒の魔法キュアをかける。

リリはいつもお酒をハイペースで飲んでしまうのだが、その分酔うのも早い。

酔うと色々熱い話をしてくれるのだが、だいたい、すぐに吐きそうになるので、僕が酔い止めのキュアをかける。

それにしても、冒険者か。回復術師を自分から辞めるつもりはないけど、それでもリリが一緒にいてくれるなら、それもいいかもと思ってしまう自分がいる。

このまま迷惑をかけ続けるくらいなら救護院にいない方がいいのでは？

リリがもう一度エールを頼もうとしていたので、一旦ストップしておく。

お酒はほどほどが一番だ。

それに、僕はお酒に酔うことができない。

正確には毒が効かない体質になってしまった。

僕が回復術師を目指した理由の一つに、村で毒蛇や毒草を誤って食べてしまう人が多かったのがある。僕はできるだけ村人を毒から守りたかった。

毒を回復させるにはキュアの魔法がある。

でも、どんな毒でも回復させることができるわけではなかった。

ポイズンドラゴンの毒などは進行速度が早くキュアをかけても間に合わず死んでしまう場合が多い。

キュアの回復速度をみんな考えていないが、実は毒を回復させるためには速度と、あと魔力の持続力が必要になる。

そこで僕は、まずは自分の身体を毒に強くするために色々な実験をすることにした。

最初は身近にある毒草を少し身体に貼ってみて、かぶれた皮膚をキュアで治すところから始めた。

そして治せたら少し食べてみてキュアをかける。

それを繰り返していき、次の段階では毎食毒草をサラダに入れて食べるようにした。

毒草の苦みも慣れてくるといいスパイスに感じるようになった。

そして最後は毒蛇、ポイズンドラゴンの毒、毒海竜……ありとあらゆる毒を少量ずつ摂取してみた。途中何度か全身が痺(しび)れ、呼吸も苦しくなったりして、生死の境をさまよったこともあったけど、なんとか毒を制することができるようになった。

今では僕の身体は常時キュアを発動することができるようになり毒系統はほとんど効かない。

そのため、リリとお酒を飲んでもあっという間に分解されて酔えなくなってしまったのだ。

まぁ酔って毎回吐きそうになるリリがいるから、どのみち深酒はできなかったけど。

その分他の人にキュアをかけて毒を治すのは得意になったから良しとしよう。

それからしばらくして、リリが眠いと言い出したので背負って寮まで送り届けた。
僕は眠っているリリに声をかける
「いつもありがとうね。リリがいるから僕は頑張れるよ」
リリはムニャムニャ言っているが本当に可愛いな。

僕が雑用をして、掃除をしていると、また聖女様に部屋に呼ばれた。

「パック、よく来たわね」

「先日はすみませんでした。七十本も足りなくて」

「いいのよ。それより、私新しい回復術師を見つけたのよ。紹介するわね。回復術師のジョンよ。彼すごいのよ。回復薬に色を付けられるの」

「初めまして、そしてさようなら」

ジョンと紹介された男は非常に嬉しそうに変なことを言ってくる。

なんでさようなら？

回復薬は無色透明が当たり前だった。

薬草から作成した物には色が付くこともあるが、魔力で作成した物で色を付けるのは難しい。という か聞いたことがない。

「それは本当ですか？」

「私が嘘を言ったことがある？　彼この色付きの回復薬をいくらでも作れるって言うのよ。今まで誰も見たことがない回復薬。きっと高く売れるわ。だから、あなたもういらないわ。もともと代わりのきくあなたみたいな人がここにずっといられたのがおかしかったの」

「いらないって……どういう意味ですか？」


「クビってことよ」

モリヤは青い液体の入った瓶を振りながら、なんでもないことのように僕にクビを言い渡す。

ジョンは非常に嬉しそうに僕に手を振っている。

急なことで頭の中が真っ白になる。

僕がクビ?

だって、僕もかなり頑張ったのに。

「パックには悪いんだけど、今度救護院でドラゴンを捕まえることになったのよ。S級パーティーのコンドルの槍って聞いたことあるでしょ? あそこのリーダーが私の大ファンで私のためにどうしても働きたいって言うのよね」

S級コンドルの槍はこの国を代表するパーティーだ。

バランスのいいパーティーで、魔物の脅威からいつもこの国を守ってくれている。街の人からの人気も高く、リーダーのレオの槍に貫けないものは何もないと言われている。

「ドラゴンを捕まえるって……もしかして……」

「あら、よくわかったわね。ドラゴンの血を使うのよ。雑用にしてはよく勉強してて偉いわ。あっごめんなさい。雑用ももう終わりだから無職ね」

ドラゴンの血は最高級の回復薬として使われる。

飲めばたちまち、どんな傷でも回復してしまう効果があるが、ただそれを定期的に仕入れることができる者はおらず、もちろんドラゴンを飼うことができた者もいない。

おとぎ話の中で賢者がドラゴンと心をかよわせたなんて話はあるが、おとぎ話はおとぎ話だ。

それに、ドラゴンを捕まえるのには、かなりの戦力が必要となり、ドラゴンの血を採れるとしても怪我人が増えるわけで費用対効果があまりにも悪過ぎるのだ。

そんなことをするのは、よほどのもの好きか、金持ちだけだ。

もし、ドラゴンを飼うなんてことが実際にできれば、回復術師は廃業に追いやられてもおかしくない。

それほどの効果がドラゴンの血にはある。

「それは……大丈夫なんですか？」

「あら、クビになるのに心配してくれるなんて優しいのね。でも大丈夫よ。あなたのように無能な回復術師と違ってドラゴンは文句を言わずに血を流すだけで回復薬が作れるんですもの。それにいざとなれば、彼も作れるって言ってるし。私ね、実はあなたの顔あまり好みじゃなかったの。それにそのオドオドした態度を見ているとイライラしてくるのよ。クビにできて良かったわ。一応部屋を探す必要もあるでしょうから明日までは部屋使っていいわよ。でも明日には出ていって頂戴ね」

モリヤはそう言うと僕に背を向け、ずっと青い回復薬を見ながらニタニタと笑っている。

僕は本当にクビになってしまったようだ。

でも、だからと言ってそう簡単に諦めることはできない。

僕は膝を折り、頭を地面にこすりつけながら懇願する。

「モリヤ様、なんでもしますから、僕をここに置いてください」

「くどいわね。しつこい男は嫌われるわよ。私の言ったことのできない無能なあなたはいらないって言ってるのよ。住民にまで迷惑をかけて本当に恥ずかしい。それで、私の評判が落ちたらあなたはどう責任を取るの？　ホントクズ。あぁー思い出すだけでも腹が立つ。もうどこへでも行きなさい。あまりしつこいと警備員を呼んで追い出すわよ」

「残念だったな。雑用係。お前の仕事はもう終わりだ。まぁ、俺みたいに特別な人間じゃないお前の代わりなんていくらでもいるからな。才能のない奴っていうのはこの救護院には必要がないってことだ。クハハハ！　それじゃあバイバイ！」

モリヤが部屋のベルを鳴らすと、部屋のドアがノックされ従者が入ってくる。

本当にもう救済の森に僕の居場所はなくなってしまったようだ。

これ以上モリヤに何を言っても無駄だろう。

僕は力なく立ち上がる。

やっぱり、僕のような無能が支えるより、彼のように能力がある方がいいに決まっている。

救護院が発展することは、世界から怪我した人や病人がいなくなるということだ。

その役割は僕じゃなくてもできる。

今まで聖女様の代わりに回復薬を作らせて頂いただけでも感謝しないと。

「今までお世話になりました。色々勉強になりました。ありがとうございました」

そこから僕はどう自分の部屋に戻ったのかを覚えていない。

ただ、出ていかなければいけないという思いから、気が付いたら荷物を整理していた。

期限は明日……まずはこの街を出るのかどうかを検討しなければいけない。

この街に残るのであれば明日から住む場所も探さなければならない。

まずはリリに相談してみようか。

でも、それでもし巻き込んでしまったら。

リリは僕の味方だと言ってくれている。

だからと言って一緒に仕事を辞める必要はない。

僕だけがそっと消えてしまえばいいんだ。

僕は街に出て、当てもなく歩く。いったいどこへ行けばいいのか頭が上手く働かない。

どうしたらいいのか。

頭の中でクビになったことをずっとグルグルと考えてしまっている。

まるで答えのない迷路に迷い込んだみたいだ。

気が付くと、人のいない海の見える高台に来ていた。

風がとても強く吹いている。

僕の鬱々（うつうつ）とした悲しさとは違い、ここから見る海はとても綺麗（きれい）だった。

僕はその丘に座ると、うつむいたまま大声を上げ泣いてしまった。

本当はこんなことをしている時間なんてないはずなのに。

自分に才能がないのが悔しい。

努力をしてきたはずなのに、それがまったく認められないというのも悲しかった。

夢が叶うとは限らない。

だけど、その途中で頑張った努力がまったく認められていないというのが一番辛かった。

それは結局、僕が頑張ったと思っていたのは、僕の自己満足でしかなかったってことだ。

きっと僕の努力が足りなかったんだ。

まだできることがあったはずだった。

もう次の機会なんてないのに後悔ばかりが出てきてしまう。

こんなことになるならもっとできることをやるべきだった。


それからどれだけの時間が経っただろう。

青かった空は次第に赤く変わり、やがて夜になった。

「おーい！　パック大丈夫？　ずいぶん探したんだよ」

その声は……。いつの間にか、リリが側(そば)にやってきていた。

僕は急いで涙を拭く。

「ん、ちょっと黄昏(たそがれ)ていただけだよ。リリこそどうしてここへ？」

「あっ、ちょっとねパックに報告したいことがあって探してたんだ」

リリは少し恥ずかしそうに笑みを浮かべ、そして一度咳(せき)払いをすると改まった感じで僕に向き合う。

いつもちょっとふざけたような感じなのに。こんな真剣なリリ見たことがない。

「どうしたの?」

「あのね……私仕事辞めてきたから。パック、私と一緒に冒険者になってくれない?」

それはあまりにも唐突な告白だった。

一瞬リリが何を言っているのかまったく理解できなかった。

仕事を辞めてきた?

だって、リリは誰もが認める凄腕(すごうで)の剣士だ。

救護院の千人長なんて普通の人が簡単になれるわけがない。

「リリ、どうして仕事を?　だって、リリは強くてカッコ良くて、それでみんなからも尊敬されていたのに。仕事を辞めるなんてもったいないよ」

「ん?　それは私は救護院の剣ではないからだよ。私はパックの剣であり続けることが、私の存在意義だから。パックのいない救護院でこれ以上剣を振るう理由はないよ。パックが救護院にいたから、たまたま就職しただけで、それ以上は望んでない」

そんな理由で……リリは本当にバカだ。

こんな僕のために将来を台無しにするなんて、本当に大馬鹿だ。

「ダメだよ。リリには素晴らしい未来が待っているんだから。僕なんかのために仕事を辞めてしまうなんて」

「何を言ってる？　パックのために仕事を辞めたのではなく、自分のために仕事を辞めたんだよ。それに私は負ける勝負はしないたちなんだ。パックと行った方が、面白い未来になるとわかっているから、ついていくだけだよ。だから、私が仕事をクビになったのを知っているの？」

「でも……そういえば、なんで僕が仕事を辞めたことをパックが気にする必要はないよ」

「噂なんてすぐに広がるよ。あの新しく来たジョンって奴が言いふらしていたからね。雑用係がヘマしてクビになったって。あの聖女はパックの力を軽んじていたけど。みんなパックを心配していたし、寂しがっていたから、一瞬で私のところまで情報が回ってきたんだよ。パックがどれだけ、まわりの人に優しくしてきたのかが、改めてわかった。だから私も自信を持って辞めてこれたんだ。もちろん、少し引きとめられたけどまったく後悔はない。それより、早く荷物まとめてきて。今後のことを相談したいし、今夜の宿を探すわよ」

リリは仕事を辞めたのがまるで、なんでもないことのように笑顔で嬉しそうにしている。

本当に彼女の強さには頭が下がる。

「わかったよ。でもリリ、苦労をかけるかもしれないけどいいのかい？」

「何を言ってるの？　パックと一緒にいられるなら苦労なんて感じるわけないじゃない。パックといればこの世界には楽しいことしか起きないんだよ。どんなに大変な時だって、私たちの物語はハッピーエンドって決まっているんだから」

リリにはどう頑張ってもかなわない。

彼女にハッピーエンドだと言われてしまうと、本当にそうなってしまいそうな気になるから不思議だ。

僕は救護院の寮へ戻り部屋の荷物を片づける。

元々、それほど荷物は多くないのでまとめるのはすぐに終わった。

先ほどまでの頭の中の混乱が今では嘘のようにスッキリしている。

あっでも、このまま黙って救済の森を去るわけにはいかないので、今までお世話になった色々な人のところへあいさつだけはしてこないと。

寮長のおばちゃんに、お世話になった先輩や後輩たち、なかでも一番僕を可愛がってくれていたのは、警備主任のボールデンだった。

ボールデンはリリとも仲が良く、休憩中によくお茶を飲ませてくれたり、雑用の僕にも良くしてくれていた

「本当にパックがクビなのかよ。他にもっと使えない奴いるのにな。寂しくなるよ。しかも、リリの奴まで一緒に辞めちゃうなんて。上はいったい何を考えているのか。パック、大変だろうけど元気でやれよ。俺はいつでもお前の味方だからな」

「ありがとうございます。ボールデンさんも元気で」

「あぁ、明日、聖女様に付き添ってドラゴンからの護衛を任されているんだけど、今から気が重いぜ。俺も辞めてパックについていきたい気分だよ」

「またまた。ボールデンさんが辞めたら、ここを守れる人誰もいなくなってしまうじゃないですか。

あと最後にこれどうぞ。僕が作った回復薬です。僕のポーションなんて量産品と同じですが、お守り代わりに持っていてください」

ボールデンさんはドワーフ族で盾の扱いに精通している。

戦闘ではみんなを守るタンクという守りの要だ。僕程度が作った回復薬でも、あればあるだけ役に立つだろう。

「ありがとな。そうやって言ってくれるのはパックだけだよ。ポーションはここ一番って時に使わせてもらうよ」

「いえいえ、軽い肉体疲労の時とかでお願いします」

「パックがみんなのためにやってくれていた雑用は本当に役に立っていたから、これから大変になるぞ。聖女様に特別呼ばれるからって妬んでいた奴もいたけど、パックは本当にすごい奴だから聖女様に目をかけられていたんだよな。本当にざびじぐ……なるよ。それだあ……ぎゃんばれよ」

ボールデンさんは最後の方は涙声になっていて、よく聞きとれなかった。

泣いているのが恥ずかしいのか、思いっきり抱きしめられ背中をバンバン叩かれた。

「ありがとうございます」

今までお世話になった救護院を出るのはすごく寂しくて悲しかった。

だけど、前を向かなければいけない。

救護院を出るとリリが待っていてくれた。

「お待たせ」

「待ってなんかないよ。パック知ってる？　私はパックが来るのを待っている間、パックのことを考えている時間も楽しめるんだよ。って何を言ってるんだろうね。少し舞い上がってしまったみたい。この先にいい宿屋があるんだ。そこに部屋を取ってあるから行こう」

僕はリリが一緒にいてくれて本当に嬉しいし、リリがいなかったらどうなっていたかわからない。

「リリありがとう。君がいるおかげで僕はいつも助かっているよ」

リリはお酒も飲んでいないのに顔を真っ赤にしながら照れている。

本当にこういうところが可愛いと思う。

本人には照れくさくて言えないけど。

宿屋はいたって普通のランクの宿だった。

あまり手持ちが多くないので非常に助かる。

「それで明日からのことなんだけど、私と冒険者になるってことでいいよね？」

「あぁもちろん。リリこそ僕とでいいの？」

「違うよ。パックとだからいいのよ」

僕たちは同じ部屋で一緒に泊まることになっていた。

もう小さい時とは違うんだから、別の部屋の方がいいとリリに伝えたが、リリに余計な出費は稼いでからにしようと言われ、返す言葉もなかった。

確かに今二人とも無職だった。

しっかり働いて別の部屋に泊まれるくらい頑張らないと。

その日は二人で夜遅くまで話をした。

いつも会っていたはずなのに、僕たちの話は尽きることがなかった。


翌日、僕はいつもと同じ時間に起きる。

少し眠いが、習慣というのは、そう簡単に抜けそうにない。

リリはまだ隣のベッドで寝ていたので、起こさないようにそっと部屋から出る。

僕はいつもの日課のトレーニングを始める。

夜通し回復薬を作った時以外は、朝必ず魔力の動きと、基礎的な体術、剣術をしっかりと確認しておく。

身体も魔力も使わないとすぐにダメになってしまうからだ。

まずは大きく背伸びをして呼吸を確認する。

普段意識をしていない呼吸を意識することで、身体の微妙な変化にも気が付きやすくなる。

まずは大きくお腹(なか)の方まで膨らむように大きな呼吸をする。

少し冷たい朝の空気が気持ちいい。

軽い運動をしていると、そこへ剣を持ったリリがやってきた。

「パック、訓練なら私も一緒にやらせてよー」

「ごめん。気持ち良さそうに眠っていたからさ」

「じゃあ久しぶりに剣で打ち合いでもしようか？」

リリが普段は絶対見せない悪い笑顔をしている。

普通の時はすごく優しいし、可愛いのに剣を持った時だけ性格が変わってしまう。

リリの悪い癖が出てきたようだ。

「リリ、手加減って言葉、覚えてるかな？」

「パックなら大丈夫よ。それに朝だからちょっと身体を動かすだけ。ほら剣もこんなに喜んでいるわ」

リリは昔から訓練をする時、人が変わってしまう。

あぁ、もう頑張るしかない。

剣を構えるとリリは無造作に突っ込んでくる。ほら、まだ開始の合図だってしていないのに。

訓練とはいえもう少し自重してもらいたいものだ。

真っすぐ来るリリを見ながら、僕は剣を身体の左側に構える。

この突っ込んできているリリは幻影だ。

僕の予想通り、リリは身体の左側から現れ上段から振り下ろしてくる。

それを僕はなんなく受け止め、刃と刃がぶつかり、せめぎ合う。

「あいかわらずパックは打ち込ませてくれないのね」

「リリこれ訓練だよね？　幻影とか使うのずるくない？」

「えぇーいいじゃない。パックなら余裕で防いでくれるんだし」

全然余裕なんかじゃない。

僕がリリの剣を受け止められるのは、小さい頃から何千回、何万回とリリの攻撃を受けてきたからだ。本当にリリの剣バカには困ってしまう。

僕はリリの剣を弾きながら後退し一度距離を取る。リリは離れながらも今度は真空刃を放ってきた。これは剣で受けてはいけない。

リリの真空刃は剣で受けると剣に傷がついてしまう。

朝の訓練なんかで剣の寿命を縮めてしまうわけにはいかないのだ。これからは剣だって支給じゃなくなるんだし、節約を考えなくちゃいけないのに。

あぁ安い木剣を買っておけば良かった。

僕は地面を転がり、真空刃を避け、そのままリリへと距離を詰める。

せっかく昨日クリーンで洗浄した服が土埃で汚れてしまった。

リリも真っすぐ突っ込んでくる。

今日は……リリの左の脇腹に隙がある。でもこれはわざと開けられている。

打ち込んだが最後、カウンターを入れられ、きっとそのまま二度寝してしまうだろう。

だから、狙うなら逆側の一番防御の厚い部分！

剣で横薙ぎに払い、リリが防御をさらに厚くしたところで僕は蹴りを放つ。

もちろん、防御されるのは織り込み済み。

そこで一瞬、タイミングをずらし追い込みの蹴りを放つ。

リリはタイミングがずれたせいで蹴りの軌道を見誤る。

蹴りの風圧でリリの髪の毛が浮き上がる。

もちろん蹴り抜くなんてことはしない。

「はぁ。今日は私の負け。次は私が勝つわよ」

「ふぅ。怪我なく終われて良かったよ。次は真剣じゃなくて木剣にしようね」

「嫌よ！　木剣の時の私の勝率一〇〇％なの知ってるでしょ？　木剣になった途端パックは手を抜くんだから」

別に手を抜いているわけではないが、真剣でやる時は本気でやらないと自分が死んでしまう恐れがある。もちろん、リリも手加減してくれていると思うのだが、怖くて手なんて抜けない。

リリからすればただの訓練でも、真剣を持ったリリに立ち向かう僕からすれば実戦となんら変わらないのだ。今日だってリリにはまだ余裕があった。

「はぁ、それじゃあご飯にしようか」

「そうね。運動したからお腹空いちゃった」

「リリ？　これってこれから毎日やるの？」

「当たり前でしょ！　私の本気の剣を受けられるなんてパックくらいしかいないんだから」

本当に加減してくれているよね？

冗談だよね？

怖過ぎて聞くことができない。

でも、リリの笑顔が可愛過ぎて断れないというのは、絶対に本人には内緒だ。

朝の光の中で見るリリの笑顔は眩しすぎて直視できないほどだった。

少し動き過ぎたせいか、鼓動が速くなっている。

僕たちは軽い朝食をとり、そのあと冒険者ギルドに登録をしに行った。

冒険者ギルドでは簡単な説明と、実力をはかる必要があると言われたが試験官が休みだったため、強制的に一番下のEランクから始めることになった。

試験官がいる時に来て、試験を受けられれば上のランクにも上がれる可能性があるという。

Eランクで受けられる仕事は街の雑用などが多かったが、雑用には慣れているので問題ない。

雑用をこなしているうちに試験官が来たらリリだけでも上位ランクに上げてもらえばいいだろう。

リリはEランク冒険者なんていう器ではないんだから。

ただ、リリは今日試験を受けられないことに不満を持っていたようだ。

「だって、パック！　私はEでも仕方がないけど、パックをEにしておくなんて本当に見る目がないわよ。これは冒険者ギルドにとっても大きな損失なのよ！」

なんていつも通り大げさに言っていた。

本当リリの僕への過大評価やお世辞には困ってしまう。

受付のお姉さんも愛想笑いして僕たちのやりとりを見ていたが新人冒険者にはよくあるのだろう。

もちろん、リリの発言でランクが上がることはなかった。

僕たちは早速Eランクの依頼を受けることにした。

Eランクは掃除系が多いようだが、だいぶ手が回っていないようだった。

もしかしたら、試験官がいないというよりも、新人冒険者には少しでも雑用の依頼を受けて欲しいのかもしれない。

依頼内容はドブ掃除、窓拭き、墓石拭き、草刈り、街の掃き掃除、買い物代行などなど……これなら僕でもできるものが沢山ある。

リリは草刈りの依頼を受け、僕はドブ掃除など掃除系の依頼を受ける。

「それじゃあ、夕方にギルド前で待ち合わせしよう」

本当は最初くらい一緒に依頼を受けた方が良かったのかもしれないけど、リリはクリーンの魔法が使えないし、草刈りはリリが一人でやった方が早い。

リリの剣技を草刈りに使うなんて言ったら、救護院だったら間違いなく怒られていただろう。

それほどリリの剣技には価値がある。

まぁ、当の本人は全然気にしていないようだったが。

僕たちはギルドで別れ、別々の依頼人のところへ行く。僕の依頼人は街の町長さんだった。

「いやー冒険者の方にドブ掃除とか頼んでしまって申し訳ない。ここの街の中心を流れる川なんだけど、昔は魚が泳いでいるのも見えたのに今じゃ川底も見えやしない。昔と同じなんていうのは無理だけど、少しでもキレイになるように掃除をお願いしたい。場所はここから下流まで頼むよ」

「わかりました。任せてください」

「それじゃあまた、夕方見に来るからね」

さて、ドブ川の掃除となると僕のクリーンの魔法が役に立つ。

このクリーンの魔法も救護院の者は覚えておかなければいけない必須の魔法だ。

救護所ではどうしても血液などで汚れてしまうことが多い。

そんな時にこのクリーンを覚えていると、あっという間に汚れを落としてしまうことができるのだ。

「よし！　気合いを入れて行くぞ！」

自分の身体全体にクリーンの魔法をまとい、躊躇(ちゅうちょ)せずにドブ川の中にダイブする。

クリーンの魔法を常時身体のまわりに発動することで、自分の身体には汚れが一切つかないようになるのだ。

ドブの水だろうと、僕の身体が汚れることはない。

上流から流れてくる水が僕のまわりで一瞬キレイになっていくが、そう簡単にはすべての汚れは落ちてくれない。

僕は両手からクリーンの魔法を放ち、まずは川底をキレイにしていく。

足下にはヘドロが大量に溜まっているせいで非常に滑りやすいからだ。

今までヘドロだったところがキレイになり、丸いゴロゴロとした石が見えてくるとかなり気持ちいい。

それから、僕は川の下流と上流を何度か行き来して、予定のところまですべてキレイにすることができた。ただ、町長さんが指定してきた場所より上流はまだ汚れているので完璧とまでは言えないが、一度報告に行くことにする。

「町長さん、終わりました」

「ん？　まだやり始めてたいして時間は経ってないんだけど、ちょっと休憩には早過ぎるよ」

「いや、休憩じゃなくて終わったので報告に」

「終わった？　いくらなんでも手を抜かれるのは困るよ。冒険者ギルドにも安くはない金額を払っているんだから」

町長さんからはすごく怪しまれたが、実際に見てもらうとかなり驚かれた。

「なんだこれは！　もしかして飲めるくらいキレイなんじゃないのか？」

「いや、さすがに上流が汚いので飲めないですけど、言われた範囲は終わりましたので」

「あの依頼は半月くらいを予定していたのに。この短時間で終わるとは。いやー冒険者というのはすごいものだな。君の名前は？」

「パックって言います。もし指名の依頼などありましたらギルドの方へお願いします」

「あぁそうさせてもらうよ。報酬はギルドに渡してあるから、受け取ってくれ」

「ありがとうございます」

それから、僕は夕方まで掃除系の依頼をこなし、ギルド前に戻ると、ギルド前には人だかりができていた。何かあったのかと近くにいた人に声をかけてみた。

「どうかしたんですか？」

「なんだあんた知らないのか？　S級パーティーのコンドルの槍が聖女様のためにドラゴンを捕ま

えてきたんだよ」

「ドラゴンだって？」

聖女様が言っていたことは本当だったらしい。ドラゴンって大丈夫なのか？

何も起きなければいいけど。

よく見ると黒いドラゴンが檻の中に閉じ込められていた。

ドラゴンはぐっすりと眠っているのか、いびきをかきながら横になって動かない。

「信じられない。ドラゴンを捕まえてくるなんて」

ドラゴンは普通に捕まえられる魔物ではない。それが目の前にいることへ大きな衝撃を受けた。

どうやらモリヤは本当にドラゴンを捕まえたらしい。

冒険者ギルドの前でコンドルの槍のメンバーとモリヤが手を振っているのが見える。

まるで世紀の一瞬に立ち会っているような気分になる。

コンドルの槍のメンバーがモリヤにドラゴンの檻の鍵を仰々しく渡す。

モリヤは聴衆に盛大に手を振りながら満面の笑みを浮かべていた。

「このドラゴンはコンドルの槍が救護院のために捕まえ寄贈してくださいました。今まで回復薬を私一人で作成するのには限界がありましたが、これで回復薬を多く作ることができます。これも女神様の思し召しです」

「聖女様！　聖女様！　聖女様！」

冒険者ギルド前で聖女様コールが上がる。

その声に反応したかのように、ドラゴンがピクリと動いた。

どうやって捕まえたのかわからないが、なんだろう。すごく胸騒ぎがする。よく見ると、ドラゴンは怪我をしているところが見当たらなかった。

もしかして、スリープの矢とかで寝かしつけているだけなのか？

スリープの矢は眠っている魔物に対して使われる矢で、睡眠状態をさらに深くさせることができる。通常であれば一日〜二日くらいは寝たままにさせることができるが、ドラゴン相手ではどうなのか。

元々眠っていた相手であればスリープの矢は効果が絶大だが、かなり問題がある。

ドラゴンが起きた時に檻が耐えられるのかという問題と、怪我をしていないドラゴンを街の中に運び入れるリスクだ。

寝て目が覚めたらいきなり、街の中にいるなんてことになったらドラゴンだって大暴れするに決まっている。

しかも、戦いに勝って服従させたわけではなく、眠らせて捕まえてきただけだったら、たとえ拘束していたとしてもドラゴンの力を甘く見ているようにしか思えない。今までドラゴンに挑んで散々な結果になった人たちが沢山いるのだ。

こんなところでドラゴンが目覚めたら大変なことになる。

彼らは非常に頭のいい魔物だ。

個体によっては人の言葉を理解するものもいるという。

不安は徐々に大きなものになっていく。

ギルド前では、モリヤが檻に近づき、ドラゴンの頭を杖で叩く。

「みなさん、ドラゴンは怖いものだと思っているかもしれませんが、このようにコンドルの槍はドラゴンを完全に眠らせてしまっています。どうか、コンドルの槍の方々にも盛大な拍手を送ってください」

「コンドル！　コンドル！　コンドル！」

モリヤは満足そうにその喝采を見ていた。

だが、その時、ドラゴンは民衆の興奮と声の大きさによって、目を覚ましてしまった。

ドラゴンが一瞬のうちに大きな口を開け檻を噛みちぎる。

鋼鉄でできていたはずの檻は、まるで紙細工のように一瞬で無残な姿になってしまった。

「うっわぁぁぁ！　話が違うじゃないの！　コンドルの槍、私を助けなさい」

「聖女様ご安心ください。私たちコンドルのやにぎゃ……」

コンドルの槍のリーダー、槍使いレオが吹っ飛ばされ一瞬のうちに戦闘不能になる。

「にっ逃げろー！」

すぐにギルド前の広場は地獄と化した。

ボールデンがモリヤの前に出て盾を構えるが、一瞬で薙ぎ払われる。

「ボールデンさん!!」

ボールデンは僕の声に反応するかのように手を挙げてくれた。立ち上がることはできていないがまだ意識はあるようだ。

それよりもこのままドラゴンを放置していたら街が滅んでしまう。

ドラゴンは完全に檻から出ると、僕たちの前で大声で唸(うな)った!

「ガオォォォォー」

その声を聞いて動けなくなる者が多い中で、コンドルの槍の弓使いがドラゴンに向かって矢を放つ! さすがS級パーティーだ。この威圧感の中で動けるのは歴戦の猛者(もさ)の証(あかし)だ。

だが、その矢に気が付いたドラゴンが翼で風を巻き起こすと、矢はあっけなく落とされてしまった。

ドラゴンが弓使いを睨(にら)みつける。弓使いはそのまま第二射を放つわけでもなく、一目散で逃げ出してしまった。

「みんな早く逃げろ!」

住民がどんどん避難していく中で聖女はいまだにドラゴンの側で動けずにいる。

他に動けそうな人はいない。僕が助けなきゃ。

ドラゴンが大きな足を踏み出し、聖女を踏みつけようとする。

聖女はギリギリのところでかわすが、片足を踏みつけられ、大きな叫び声を上げた。

「いったーーーーーい。誰か……助けて!!」

ダメだ、あれではもう走って逃げることはできない。

なんとか僕の方にドラゴンの注意を引かなければ！

今まで出したことのないような大きな声でドラゴンの注意を自分の方へ向ける。

「ドラゴン！　こっちだ！　僕が相手になってやる！」

叫んでから気が付くが、もちろん無策で勝てる相手ではない。

剣で斬りかかるか？

いや、そんなのは時間稼ぎにもならない。

S級槍使いのレオが相手にならず、ドワーフで盾使いのボールデンさんも一発で戦闘不能だった。

ただ、さっきの弓使いの矢は刺さらなかったけれど、注意を引くことはできていた。

僕も何かを投げれば……？

辺りを見回すも手ごろな武器になりそうな物はない。

剣は……最後まで戦うことを考えたら今は投げられない。

何か投げられる物は……そう考えた時、手元にあったのは回復薬だった。

僕の回復薬くらいでは、ドラゴンが回復したとしても大したことはないだろう。

なら思いっきり投げつけて注意を引くだけだ！

助走で勢いをつけ、ドラゴンの顔めがけて回復薬を投げつける。

回復薬は高速で回転しながらドラゴンの顔面へ近づく。

「当たれー！」

だが、顔に当たると思われた回復薬はそのまま、ドラゴンが大きな口を開けたことにより飲み込まれてしまった。

「ん？　意外と美味いな……後を引く味だ、もっとよこせ」

ドラゴンがしゃべった!?

ドラゴンが僕の方へ向かって走ってくる。

よくわからないけど結果オーライだ。

僕は自分の足に回復魔法をかける。

回復魔法で体力の消耗を抑え、自分の限界以上に走ることができるようになるのだ。

「ドラゴンついてこい！」

僕は一目散で街の入口へと走り出す。幸いにもドラゴンはあまり走るのが速くはないようだ。

街の外へ出る途中でリリが僕を見つける。

一瞬驚いた顔をしたが、迷わずすぐに並走してくる。

「パック、ずいぶん楽しそうな追いかけっこしてるじゃない。私も混ぜてよ」

「リリ！　ふざけてる場合じゃない！　僕から離れるんだ！　僕はできるだけこの街からドラゴンを遠ざけるから君は一人で逃げるんだ！」

「はぁ……パック、私を舐めないでよね。ドラゴンごときに追いかけられたからってパックを諦めるわけがないでしょ！」

リリは走りながら、真空刃をドラゴンに向けて放ち挑発する！

「やーい！　短足トカゲ！　できるもんなら追い付いてみな」

「リリ！　なんてことするんだ！　そんなことしたら君まで狙われてしまうじゃないか！」

「パック、いい加減諦めたら？　私は死ぬまであなたと一緒にいるって決めたの。私が諦めが悪いの知ってるでしょ？」

「あぁ！　もうわかったよ。一生一緒だ」

「えっ……パック、それってプロポーズ？　ねぇちょっと！」

僕はリリの質問には答えずに、思いっきり走る。

なんとかリリを連れて逃げなきゃ。

リリは僕よりも体力があるけど、念のために僕と同じ回復魔法をかける。

範囲魔法のラングヒールだ。

ラングヒールは自分を中心にパーティーメンバーを回復させることができる。

ただ、効果範囲はかなり狭く、一度に数人しか回復できないという欠点はあるけど、それでも回復し続けられるのはかなりのメリットと言える。

「ありがとうパック。これでかなり速く走れるわ」

実際に足が速くなったり、体力を上げたりするわけではない。

だけど、疲れないというだけで、常に短距離を走る時のように、全力で走れるようになるのだ。

僕たちは街の門を抜け、草原を抜け、山の中に入った。

ドラゴンはゆっくりと僕たちの後をついてくる。その距離はずっと一定を保っていた。

飛んでしまえばいつでも襲えるはずなのに、なかなか襲ってこないのは、きっと僕たちをいつでもなぶり殺しにできるという余裕なのだろう。

僕たちはできるだけ、街を離れ、他に迷惑をかけないところまで走り続ける。

それから、約半日。

辺りはすっかり夜になっていた。

いまだにドラゴンは僕たちを追いかけてくる。

「リリ、この辺りってどこだかわかる？」

「ごめん、パック。多分、深闇（ふかやみ）の森まで来ちゃったんだと思う」

深闇の森は昼間でも暗く、入った人は迷ってしまって出てくることができないと言われており、冒険者でもあまり近づかない危険な森だった。

「そうか、じゃあそろそろいいかな」

「そうね、ここから街に戻るなんてことはしないと思うわ。それにしても、ドラゴンもわざわざここまで付き合ってくれるなんて律儀（りちぎ）ね」

僕たちは走るのをやめてドラゴンへ向き合い剣を構える。

「変な話だけど、ここまで襲わずについてきてくれてありがとう。ただ僕たちも何もせずにやられるわけにはいかないからね」

「私たちあなたを倒して幸せな未来を手に入れるわ。だから、たとえどんな手を使おうとも生き残るわ」

一定の距離を開けドラゴンが僕たちに話しかける。

「暗い森怖い……」

黒い大きなドラゴンは両手を前で交差させ、自分を抱きしめるように震えていた。

いったい何を言っているのか一瞬わからなかった。

ドラゴンが暗い森が怖い？

本気で言っているのか？

でもドラゴンは本当に暗闇を怖がっているようにブルブル震えている。

「オートライト」

とりあえず、こちらとしても視界を確保するためにも光魔法で辺りを照らす。

光魔法は夜間に施術を行うのに必要なため、回復術師にとっては必須魔法の一つだ。

「わぁ～ありがとう。暗い森って怖いよね？」

ドラゴンは普通に話しかけてくる。

「あなたは、ドラゴンだよね？　私たちと敵対するんじゃないの？」

「敵対？　あぁ確かにさっきはいきなり人が多い場所でビックリしたけど、わざわざ敵対はしないよ。起きたら檻の中に閉じ込められていて、いきなり槍で攻撃してきたから自分の身を守っただけだよ。そりゃ誰だってビックリしちゃうでしょ」

「確かにそうだよな」

「ちょっとパック！　なんで納得しちゃってるの！」

リリが慌てながら僕の前に出る。

でも、僕はリリを遮り(さえぎ)ドラゴンの前で剣を下ろして、敵意がないことをアピールした。

「どうして僕たちについてきてくれたんだ？」

「えっ？　あっ忘れてた。途中からかけっこ楽しくなって遊んでくれてるのかと思っていたけど、最初はあの僕に飲ませてくれた飲み物が美味(おい)しくてついてきたんだよ。だからもっと頂戴」

そのドラゴンは無邪気に僕にそう言ってきた。

僕は回復薬の瓶の蓋(ふた)を外し、ドラゴンの前に置く。

さすがに手渡しできるほど信用はしていない。

ドラゴンは器用に瓶を受け取ると、そのまま一気に瓶ごと飲み込んだ。

バリバリ音がしてるけど、ドラゴンは何も気にしていないようだ。

「ありがとー、やっぱり運動した後の飲み物は美味しいね。でも、これっぽっちじゃなくてもっとお腹いっぱい飲みたいな」

ドラゴンが舌舐めずりしながら僕の方を見てくる。

飲ませなければ僕の方が食べられてしまいそうだ。

「ドラゴンさんが攻撃をしないなら、もっと飲ませてあげてもいいよ。ただ、さすがに至近距離では難しいから少し距離を取ってになるけど」

「もちろんだよ。攻撃しないから飲ませて！」

「じゃあ口を開けて上を向いて。苦しくなったり、十分になったら手を挙げてくれれば止めるから」

ドラゴンが空に向けて大きな口を開けた。

僕はドラゴンの口に向けて回復薬を弧を描くように放出して飲ませてあげる。

ドラゴンはしばらく回復薬を飲み続けた。

どれくらい飲めば気がすむのだろう。

回復薬数百本分は出したんじゃないかと思った頃、ドラゴンが急に顔を下げる。

満足したら手を挙げるようにと伝えたのに、ドラゴンが急に顔を下げたせいでドラゴンの顔に回復薬が思いっきりかかってしまった。

ヤバイ殺される⁉

そんな考えが一瞬頭をよぎるが、僕の考えとは裏腹にドラゴンは気持ち良さそうにしている。

「うん。美味しかった。やっぱりこっちに来て間違いなかったね」

「ドラゴンさんは街を破壊するつもりじゃなかったの？」

「街を破壊なんてしないよ。ただ、いきなり連れていくのはやめて欲しいな。本当にビックリするから」

「本当に攻撃してこない？」

「しないよ。さっきの飲み物毎日くれるなら、僕は契約してあげてもいいって思ってるよ」

契約？

ドラゴンと？

あの誰も従えたことがない伝説の存在と？

「パック……大丈夫なの？　ドラゴンと契約とか」

僕も、ものすごくそう思う。

ドラゴンを仲間にするメリットよりデメリットの方が多そうだ。

それなのに、いきなり契約とかって言われても正直困ってしまう。

確かに契約をしてくれれば何か困ったことがあった時にドラゴンの血を貰えるかもしれない。

でも……それ以上に大変なことが起こりそうな気がする。

できるだけ穏便(おんびん)に断ろう。

大丈夫。優しく言えばドラゴンもきっとわかってくれる。

「契約は……ちょっと……」

「えっ？　契約してくれないの？　だったら街に……」

こいつアホそうな話し方してるくせにサラッと僕のことを脅してきた。

「あっえっと、急に契約したくなってきたかも」

「ちょっと！　パック本気なの!?」

「だって仕方がないじゃないか。僕が契約しなかったら街に被害が出るんだよ」

リリとしては反対のようだが、正面きって反対とは言えないようだ。

「どうするの？　どっちでもいいから早くしてくれるかな？　でもまさか、黒龍（こくりゅう）から契約を申し出させておいて断るなんてことはしないと思うんだけど。でも、どっちでもいいよ。別に文句とか言わないし。さっきの街へ戻ろうなんて全然思ってないからね」

意外とネチネチしたタイプだった。

どっちでもいいって二回も言ってるし。

リリが絶対にヤバイから逃げようと目で合図してくる。

だけど、逃げるにしても。

一瞬辺りを見渡すが、この森の中を逃げ続ける自信なんてない。

しかも、最初足が遅いと思ったが僕たちの全速力についてきたドラゴンだ。

はぁ。これって「はい」以外で選択肢なくない？

それなら潔（いさぎよ）く諦めた方がいい。

「わかった。喜んで契約させてもらうよ」

「さすが、ものわかりが良くていいね。危うくさっきの街が一夜で火の海に沈むところだったから、君はいい判断をしたよ」

やっぱり街を破壊しに行くつもりだったのか。

本当に油断ならない。

「それじゃあこっちに来て」

僕は恐る恐るドラゴンへ近づいていく。

「大丈夫だよ。もし食べるならさっさと食べてしまってるだろ?」

なんだ食べるって。やっぱりドラゴンにとって人間は食べ物らしい。

僕がドラゴンの前まで行くとドラゴンが頭の上に手を置く。

「……」

何か人間の言葉ではわからない言葉を言うと、一瞬身体の中に何かが走ったような衝撃を受ける。

「よし、これで契約は終了したよ。それじゃあ頑張って僕のことを養ってね。美味しい飲み物もいいけど、たまにはお肉も食べたいな」

「養う……とは?」

「当たり前でしょ? 君の従魔になったんだから君が僕を養うんだよ」

「パック……私も一緒に養ってくれてもいいよ?」

リリが悪ノリしてきたが、僕は無言で頭を抱えるしかなかった。

これで良かったんだよね?

無職の僕がドラゴンとリリを養うなんて……。

これから先どうしよう。

第二章

救護院の一室から今にも消えそうな、小さな声が聞こえてくる。

「私なら二千本作ることができる。ほら繰り返して」

パックがドラゴンを連れて、いなくなってから数日が経っていた。

あれから救済の森の中では今回の事件について色々な騒動が起きていた。

ドラゴンが街から去った直後、盾使いのボールデンはモリヤを守るため、ドラゴンの攻撃を受け瀕死(ひんし)の重傷を負ってしまっていた。

モリヤは少しだけ治療にあたったがボールデンの回復が遅いとわかると、自分には怪我を治せないと早々に諦めて見捨ててしまった。

「ボールデン、あなたに助けてもらったことは忘れないわ。でも、あなたはもう助からない運命なの。私にも回復できないほどの傷は絶対に治ることはないわ。どんな奇跡の薬だろうともね。だから、もうゆっくり眠りなさい。みんなであなたの最期を看取(みと)ってあげるから」

そう言いながらも、モリヤは自分を守ってくれたボールデンの最期を看取ろうともせず、その場を去っていく。

誰もがボールデンの死を覚悟し嘆いた。

ボールデンは盾使いとして、誰よりも一番危険な場所へ飛び込み、誰よりも傷つき、そして誰よりも優しかった。

ボールデンはそんな状況なのにもかかわらず、最後まで一人でドラゴンを引きつけて消えてしまったパックのことを心配していた。

ボールデンは、自分の胸元から一つの回復薬の瓶を取り出す。

「これ……パックが作った……回復薬……なんだぜ……最後に……飲んでやらな……いと」

ボールデンが話す度に、ヒュー、ヒューと肺から空気が漏れる音がする。

「もういい！　話すなボールデン！　わかったから。これが飲みたいんだな」

まわりにいた仲間が、ボールデンの最後の願いを聞いてあげようと回復薬を受け取る。

モリヤの力をもってしても回復しないなら、今さらパックの作った下級ポーションなんてなんの意味もなさない、その場にいた全員がそう思っていた。

「ボールデン大丈夫だ。お前の気持ちはわかったから」

「パックは……いい奴だったんだ。俺に……回復薬……」

「わかった。最後にパックの回復薬が飲みたいんだな。俺が飲ませてやるからもう大丈夫だ」

近くにいた男が回復薬の蓋を開ける。

「パックが……戻ったら……伝えてくれ……ゴホッゴホッ……お前の回復薬は最高だった……って。

俺は……パックのおかげでやすらかに……」

段々と声に張りがなくなっていく中で、男がボールデンにパックの回復薬を飲ませる。

もう、こんなことに意味はない。

そう誰もが思った。

「痛みが……消えて……く？」

みんなボールデンがもう死んでしまうと思った次の瞬間、ボールデンは自力で身体を起こし全身を触って確認していた。ボールデンの身体からはどこにも怪我がなくなっていた。

「ボッ……ボールデン？」

「おっ俺生きてるよな？」

「あぁ！　回復したんだ！」

「パックー！」

のちにこれは『パックの奇跡』と呼ばれ、救済の森の中で伝説として語り継がれることになる。

今までパックは簡単な怪我をした時、率先して治してくれていたが、重症患者にパックの回復が絡むことはなかった。

パックは雑用で簡単な回復しかできないとモリヤがみんなに言っていたせいというのもある。

誰もがパックは一雑用係であり、そんな人間が上級の回復薬を作れるなんてことは思っていなかった。だが、聖女が見捨てた患者をパックが作った回復薬で一気に治してしまった。

このことがきっかけで、今までパックに世話になった人たちはモリヤのことを疑うようになる。

それにあわせ、ボールデンが、命をかけてモリヤを守ったのにもかかわらず、最後まで助けることもなく見捨てて去ってしまったというのも大きかった。

そしてモリヤはというと、パックがいた時は一日千本以上作っていた回復薬をいきなり作れなくなり窮地に立たされる。

パックがいた時に作った回復薬はもうすでに納品され、救護院には大量の空き瓶だけが届けられていたが、モリヤが作る回復薬は一日五十本と激減し、パックの代わりに雇った回復術師のジョンも口だけで毎日作れる回復薬には限りがあった。

ジョンは雑用もやらず、回復薬に色を付けられる俺は天才なんだと自分でみんなに言いふらしていたが、実際色が付いたところで回復薬の効能が弱過ぎて売り物にならなかった。

当初、色付きの回復薬ということで、その珍しさもあり救護院内でも話題になったが、実際に自分の腕に切り傷をつけて回復薬をかけるといった調査をしたところ、ほとんど効き目がみられず、自然治癒よりも少し早く怪我が治る程度という結果だった。

しかも、沢山作れると豪語していたジョンは一日二十五本程度しか作ることができなかった。

もちろん、一日二十五本でも一般的なレベルから考えれば多い方ではあったが、聖女の奇跡には全然足りる量ではない。

そしてさらに救護院は、ドラゴンを街に入れた責任を国から負わされた。

本来なら救護院ではなく、モリヤが独断でやったことなのでモリヤだけが処罰されるべきことだったが、今までの貢献と、今回も人を救うという考えの下での行き過ぎた行為であったため、救護院としてもモリヤ一人に責任を負わせようとは考えなかった。

国としても同様に考え、ドラゴンという脅威にさらされたことで住民たちの需要が高まり、街では回復薬が品薄になってしまったため救護院に大至急の増産を求めただけであった。

その増産により、一件落着というのが国の判断だったが、パックのいなくなった救護院には回復薬の増産どころか、現在の生産量の維持すら難しかった。

結果、救護院は多額の罰金を支払わざるを得ず、聖女もその責任を追及され莫大な借金を抱えることとなった。

今まで聖女が貯めていた隠し財産もすべて売り払われ、聖女自身も今では雑用よりも下の扱いを受け毎日、回復薬を作っている。

もちろん、外部に聖女をそんな扱いで働かせていると知れ渡ると大変なことになるので、聖女は人の目の触れない場所にいる。

なんとも皮肉な話だが、ちょうど、元から聖女の部屋は救護院の奥にあり、人目につかない場所にあったので、今ではほぼそこに幽閉されている。

時々、従者が部屋の前を通ると中から呪詛のような声が聞こえるという噂だ。

「私にはできる。無理じゃなくてどうやったらできるのかを考える。目標は二千五百本よ。でもまだ二千四百七十本足りない。空き瓶は足りているかしら？　でも数えている間に日が暮れちゃう。早く作らなきゃ」

救済の森の力が弱っていく中で、世界では新しい存在が求められていった。

パックはその渦に巻き込まれていく。

「リリ、これからどうしようか？　ドラゴンを連れて戻るわけにはいかないよね？」

「そうだね。実際に怪我させてしまったわけだし、しかも元はドラゴンの血を求めて捕まえてきたわけだから、戻ったらパックに命じてずっとドラゴンから血を抜く作業をさせそうだよね」

「僕血抜かれるのとか嫌だよ。痛いのイヤ！　暗いのもイヤ」

ドラゴンは駄々っ子のように足をバタバタさせている。

「大丈夫。戻ったりしないから。そうすると……新しい街に行くしかないね」

「宿に置いてきた荷物は諦めるしかないね」

宿には元々たいした荷物は置いていないので諦めることに後悔はなかった。

「ねぇそれよりも、僕に名前つけてくれない？」

「名前？」

「そうだよ。君は僕と契約を結んだからね」

「じゃあ、タマ？」

タマは昔飼ってた犬の名前だ。

三日くらいで魔物に食べられ亡くなってしまったけど、可愛い奴だった。

もちろん、三日でドラゴンから解放されるようにとか願ってはいない。

断じて違うよ？

ドラゴンはそんな僕の考えを読んだかのようだった。

「えっ？　よく聞こえなかったんだけど？」

どうやらタマは気に入らなかったらしい。

どうしようか？　黒いドラゴン。ブラックドラゴン。

ゴンドラ……ポンコツドラゴン……ポンドラ……いや、変な感じになるな。

ドラ……うん、シンプルなのが一番だな。

「よし！　ドラならどうだ？」

「いいね！　ドラ気に入った！　僕の名前はドラだ」

「それでこれからどこへ行こうか？　まずはこの深闇の森から出なきゃだね」

「そうだね。この森は入るのは簡単でも、出るのが大変だからね」

深闇の森は人が迷子になって帰らずの森なんて呼ばれている。

しかも、それなりに強い魔物も出てくるので大変だ。

「ここの近くだと……亜人の村ノエルがあるわね」

「亜人の村か。そこならドラを連れていっても大丈夫かな？」

「パック安心して。ドラゴンを連れていって大丈夫な村も、街もないから。もし驚かれないとしたら魔王の領土くらいかもね」

確かにそうだ。普通にドラゴンを連れていって大丈夫な街や村なんてありはしない。

ドラゴンが出てきただけで災害のようなものだ。

「えぇー僕街に入れないの？」

「うーん。その大きさだとかなり難しいかもしれないね」

「わかった。じゃあ小さくなるね」

「えっ？」

「はぁ？」

ドラゴンの足元に魔法陣が浮かび上がると、ドラゴンが手のひらサイズまで小さくなる。

「これでいいだろ？」

「すごいな。こんなに小さくなれるなんて。これなら街の中にも入れるな。じゃあ後はこの森を出るだけだな」

「ぐぎゅるるるー」

ドラのお腹から盛大な音が聞こえてくる。

「パック、腹減ったからまずはご飯にしないか？」

「悪い、食料とかは全部宿に置いてきてしまったんだよ。だから今は回復薬しかない。魔物でも狩ってこれればいいんだけど」

「よし、ならちょっと待ってろ。近くに手頃な魔物がいるから僕が狩ってきてあげる」

「そうか。ならお願いしようかな」

そう言って、ドラが森の奥へと飛び去っていったので、リリと一緒に寝床と食事の準備をする。

テントなども全部置いてきてしまったので新調するしかない。

ドラが魔物を狩りに行っている間に、僕は魔法『生糸（きいと）』で簡易のテントを作成する。

生糸の魔法は怪我した人の傷を縫い合わせる時に使う魔法だ。

主に回復を使えない術師が覚える。

傷はすぐには回復できないが、縫い合わせると出血が遅くなり人が助かる可能性を上げることができる。

生糸は魔力消費が少なく使い勝手がいいので、回復魔法を覚えてからも色々使っている。

僕はこの生糸で何かできないかと思って、時間がある時にずっと生糸で遊んでいた。

それから、次第に一本の細い糸で出すのではなく、イメージをした形で作ることができるようになった。

生糸で作った生地は汚れがつきにくく、風なども通さない。

「いつ見てもパックの魔法はすごいね」

「そんなことないよ。これくらい魔法使える人なら誰でもできるよ。でもリリが褒めてくれると僕頑張れるよ」

リリと目が合う。

「パック私もね……パックといると……」

「戻ったよ！　ちょうどいいデーモンカウがいたから捕まえてきたぞ。ん？　どうした？」

ドラは片手で軽々とデーモンカウを持っている。

デーモンカウは非常に美味しい牛だという話だったが捕まえたこともなければ、もちろん食べたこともない。

「よくこんなの捕まえられたな」

「僕にかかれば朝飯前だよ」

「グヌヌッ…いい雰囲気だったのに邪魔をして……」

リリが小声で何かを言っていたがよく聞き取れなかった。

「リリ大丈夫？」

「大丈夫よ。早速解体しちゃいましょ。ドラちょっと持っててくれるかしら」

ドラがデーモンカウを片手で持ち上げていると、リリが上手く切り分けながら解体していく。

「ほう。なかなかの剣の使い手だったんだね」

「ドラに褒められるのはパックに褒められるくらい嬉しいわ」

最初はどうなるかと思ったが、途中から二人は意外と楽しそうにやっていた。

二人が仲良くしているのは僕も嬉しい。

僕は解体をしている二人を横目にどんどん肉を焼く準備をしていく。

うーん。このままだと調味料がない。

こんな時だからなくても仕方がないと思うんだけど、もし近場に美味しい調味料があれば今後のこともあるから採ってきておきたい。

よし、ちょっと探してくるか。

「二人とも、僕森の中に山菜と薬味を取りに行ってくるから二人で解体しといて」

「パック一人で大丈夫？　私ももうすぐ終わるから一緒に行くよ？」

「それなら、解体が終わったら食器を作っておいてくれると助かるよ。全部宿に置いてきちゃったから」

「わかったわ」

手分けして作業をするとあっという間に食事の準備ができた。

器はリリが木を伐り倒し、削り出して一から作ってくれた。

器の裏にはリリと作者の銘まで入っている。本当に芸が細かいというか、リリの器用さは尊敬に値する。しかも、その作った器の表面も非常に滑らかで街で売られている食器よりも上等な物だった。

森の中では意外といい調味料が採れた。

なかでも、街の近くではほとんど見られないトンボにんにくを見つけられたのは良かった。

トンボにんにくは高級食材で肉の臭みを消してくれる上に、その香りには食欲を増進させる効果があり疲れを取る作用もある。

ドラと最初にする食事はかなり美味しく楽しいものになった。

美味しい食事をみんなでしたおかげか、僕たちはかなり打ち解けることができた。美味しい食事はやっぱりコミュニケーションをスムーズにさせる手段だ。

そのあと、僕たちは、森の中で一泊して村を目指すことにした。

目指すは亜人の村だ！

翌日、僕はまだ辺りが暗いうちに起きた。

そろそろ日は昇り始めている時間だと思うが、深闇の森の中までは日の光が届いておらず暗くジメジメしている。僕は手早く朝食の準備をしておく。

昨日作った簡易のかまどに火を入れ、食材に火を通しているうちに軽く身体を動かしておく。

もちろん、リリを起こさないようにだ。

リリのことはいい奴だと思っているが、剣に関して言えば、毎日朝から起こして真剣での訓練なんて僕の身体が持たない。

それでなくても今日はノエル村に行かなければいけないのだから、体調は万全にしておかなくちゃいけない。本当に朝の運動は軽くでいいのだ。

軽い準備運動から、剣術、体術の動きを確認しておく。

うん。だいぶ調子がいい。昨日半日走り続けたが疲労感がない。

トンボにんにくを食べたおかげもあるが、ドラが狩ってきたデーモンカウの肉にも美味しいだけじゃなくて疲労回復の効果があるのかもしれない。

僕の軽い運動が終わりを迎えた頃、ドラが起きてきた。

「おはようパック。ずいぶん早起きなんだね」

「そうでもないよ。森の中だから暗いけど、森の外ではだいぶ明るくなってるはずだよ」

「そうなのか。いつも太陽が一番上に昇る頃起きてたからね」

ドラの朝はずいぶんゆっくりだったみたいだ。

まぁドラは別に太陽と共に起きる必要もないからね。魔物だって好きな時に好きなだけ狩ることができただろうし。

ドラは僕の方を見てニコっと笑いかけてくる。

「じゃあ僕と運動しようか。やっぱり軽く運動してから食べた方が、ご飯は美味しいからね」

「はぁ？」

ドラが高速で飛んでくる。

ちょっと待て！　ドラゴンと戦うなんて聞いてない。

これならリリと模擬戦をやった方が全然ましだ。

ドラは小型からいきなり大型のドラゴンに戻ると、翼で僕のことを薙ぎ払う。

図体（ずうたい）がでかい割に、動きが俊敏だ。

翼での攻撃を跳び上がって避けるとドラは読んでいたかのように風魔法を放ってくる。

空中では避けられない。


ドラゴンの風魔法とか死ぬ……⁉

一瞬頭の中に死のイメージが広がり身体が硬直する。

ドラはだいぶ加減をしてくれているのか、ちょっと押されただけだったが、硬直した身体ではすぐに反応ができず、体勢を崩し背中から地面に叩きつけられた。

「パック、まだまだだね。もっと精進した方が……ん？」

痛めた背中を回復させながら起き上がり、ドラの方を見るとドラの首筋にリリが剣を突きつけている。

「朝っぱらからいったいパックに何してるの？　パックを殺すつもりなら私は命に代えても戦うわよ」

「リリはすごいね。剣を突きつけられるまで気配も殺気もまったく感じなかった。パックを攻撃されて怒っているのに。とりあえず、その殺気をしまってもらえるかな？」

「リリ、剣をおさめて。ドラと一緒に訓練してただけだから」

僕のところまで感じる殺気をリリがゆっくりと鎮めていく

「もう、二人だけで遊んでいるなんてずるいぞ！　次私を入れてくれなかったら本気で怒っちゃうんだからね」

リリは満面の笑みで僕たちに言ってきたが、その笑みを見たドラが二、三歩後ろに下がった。

ドラゴンを退けるリリの笑みはある意味最強なのかもしれない。

「そっそれじゃあ朝食にしようか？」

「おっおう。いやー運動の後のご飯はオイシソウダナー」

ドラの声がどこが棒読みのようになっていた。

ドラは暗がりが怖かったり、意外と弱点がある。

「そうね。明日からは三人で訓練しましょうね。もちろん、抜け駆けはやめてね」

もう、朝練からは逃げられないようだ。

僕とドラはコクコクと頷くだけだった。


それから僕たちは朝食を食べ、森からの脱出をすることにした。

幸いにもドラが踏み倒した草などが目印になり森からは無事に抜け出すことができた。

街道に出てノエル村を目指す。

ノエル村はここから歩きで半日ほどだ。このまま道を真っすぐ進んでいけば迷うことはない。

「これから行くのは亜人の村ということだけど、人間への差別とか大丈夫なの？」

「大丈夫だよ。救済の森の分院があったはずだし、あそこには僕が入った時にお世話になった兄弟子がいるから。すごく優しくていい人だから、その人を頼れば問題ないよ」

「美味しいご飯はあるのか？」

「ご飯はわからないけど、昨日ドラが狩ってくれたカウ以上の食材はないかもね。でも余った肉があるからそれを村で他の食材と合わせて料理すればそれなりのものは作れるよ」

「それは楽しみだな。焼くだけよりもパックの料理は美味しいからな」

それからしばらくのんびりとした街道を歩いて村を目指していると、目の前に母親と十歳くらいの子連れの親子が見える。この方角だとどうやらノエル村へ向かっているようだ。

ただ、まだ若いのに母親らしい女性の歩き方がおかしい。杖をつきながら右の腰をかばっているような歩き方だ。

僕は駆け寄って声をかける。

「お姉さん、大丈夫ですか？」

「こんにちは。ご心配ありがとうございます。ちょっと腰が時々痛んでしまって。休めば大丈夫ですから」

「そうですか。どこかぶつけたりした覚えはありますか？」

「はい、ちょっと前にイノブリコっていう猪の魔物に追いかけられてしまって。その時にひねってしまったんです」

「なるほど、それならこれ飲むといいですよ。下級回復薬ではありますが腰痛も少しは楽になりますので」

「ご親切にありがとうございます。でもそんな高価な物タダで頂くわけにはいきませんので、お気持ちだけで」

お姉さんはかなり困惑しているようだった。確かにいきなり知らない人から回復薬をくれると言われても怪しんでしまうだろう。だったら……。

「あっ、そしたらノエル村って知っていますか？」

「えぇもちろんです。私たちが住んでいる村ですから」

「ならちょうど良かったです。自分たちはノエル村へ行こうと思っていたんですが道に迷ってまして、ノエル村まで案内して頂ければタダでお渡ししますよ。あっでも案内するのに腰痛では歩くの大変ですね。では報酬は先払いということでいかがでしょうか？」

「えっ……村はこのまま真っすぐに行けば大丈夫ですよ」

「あっそうなんですね。では道を教えてもらったお礼ということで受け取ってください」

僕は半ば強引に回復薬を渡してしまう。

「それじゃあ僕たちは先を急ぎますので」

「えっ、あっ、ありがとうございます」

僕たちは二人を追い越して先を急ぐ。

しばらくしてドラが声をかけてくる。

「パックって演技下手(へた)クソなのな」

「本当に。声とか裏声になってたし」

「うるさい。上手くやる方法なかったから仕方がないの」

少し顔が火照(ほて)ってしまう。

「フハハハ！　村は真っすぐですよって言いながら、あの人かなり戸惑ってたよ」

「本当に、もう少しすんなりあげればいいのに」

「ほぉ、そこまで言うなら次に何かあったら今度は二人にやってもらうからね」

「僕にできないことなんてないよ」

「私だって、パックよりは上手くやるわよ」

「その言葉忘れるなよ」

そして僕たちはノエル村に到着した。

でも、早速問題が発生してしまった。

「悪いが、今村人以外を村に入れるわけにはいかないんだ。帰ってくれ」

「えっ何かあったんですか？」

「悪いな。理由は言えないが、とにかくダメなんだ」

まさかの村の門番から拒否をされてしまった。

「仕方がない。僕が交渉してやろう」

「ここは私に任せて！　交渉は得意なの」

「いや、二人に交渉を任せるのは不安しかないんだけど」

「何を言ってるのよ。さっきのパックよりは全然ましよ」

「そうだ、そうだ」

リリとドラが交渉をやると言い出した。

なんだろう。不安しかない。

二人の自信満々の顔がかなり怖くて僕は不安ながらも一旦見守ることにした。

「最初は私から行くわ」

「いいよ。先手を譲ってあげる」

リリは兵士のところへ行く。

兵士は犬族の男性だった。これから茶番を見せられる兵士の人が気の毒になってくる。

「こんにちは、門番さん。私たち村の中に知り合いがいるんですよ。だから中に入れてもらえませんか?」

「だから、申し訳ないけど今村の中で問題が起こっていて中に入れるわけにはいかないんだよ」

「どうしてもダメ?」

リリはあざとい感じで上目使いで門番を見つめウィンクをしている。

しかし、門番には効果がないようだ。

リリは諦めない。

ウィンクを連続で門番にする。

しかし、門番にはやはり効果がないようだ。

リリの満面の笑み。

門番は目線を外した。

リリの目だけ笑っていない。

僕とドラは朝のことを思い出し、リリの襟首を引っぱるようにして一度引き離す。

「リリ、門番さんが困ってたから。いくら可愛く言ってもダメだって」

「えっ私可愛かった? パックがそう言うならいいかな。そうだよね。私の可愛さはパックが独り占めしたいもんね」

リリは一人で納得している。僕が考えていたのと何か違う感じがあるのは気にしてはいけない。突っ込んだら話が長くなる。

「それじゃあ今度は僕が行く番だね。大船に乗ったつもりで待っていればいいよ」

ドラはパタパタと空を飛びながら門番の前まで行く。今のドラの姿はトカゲの魔物に翼が生えているピクドラという魔物に似ているせいか特に驚かれる様子もなかった。

ピクドラは別名トカゲの妖精と呼ばれ人の言葉を話す魔物として有名だった。田舎では珍しくはあるが僕たちが飼っていると思っているのだろう。

ドラは門番の人に急に馴れ馴れしく話しかけた。

「君が今大変なのはわかるよ。僕だって辛い。だけどね。時には頑張るしかないこともあるんだよ。なっそうだろ。じゃ僕は入るから。門番頑張れよ」

なぜかドラはいきなりわかるとか言い出し、無理に入ろうとする。

どんなコミュニケーションの取り方だ。相手が何も話していないのに共感も何もないだろう。

「だから、ダメだって言ってるだろ」

「まぁまぁそう怒らずに、人生は長いようで短い。そんなにカリカリしてもいいことはない。なっ！」

「いい加減にしないとこっちにも考えがあるぞ」

「あぁん？　それなら僕だって本気出しちゃうよ」

ドラは村の入口で大きなドラゴンの姿に戻ろうとする。

僕はドラの頭に垂直にチョップを入れ、翼を持ってリリのいる場所まで戻る。

「ちょっと！　何やってるのさ。二人とも全然交渉とかになってないじゃん。とりあえず、ノエル村は諦めるしかないね」

門の前で僕たちが話をしていると、先ほどの親子がやってくる。

「先ほどは回復薬ありがとうございました。おかげで腰の痛みはまったくなくなりました。なかなか回復薬なんて高くて買えなかったので本当にありがとうございました」

「いえいえ、気にしないでください。あれは僕が自作した物でそれほど効果が高い物ではありませんので。では、僕たちはこれで」

「村へは寄っていかれないんですか？」

「いや、今村へはよそ者が立ち入りできないようで断られてしまったので」

「それなら大丈夫ですよ。私の方で門番へは話を通しますので」

お姉さんが門番に話をするとすぐに僕たちを手招きする。

「この村のどこへ立ち寄りたいのでしょうか？」

「僕の知り合いがこの村の救護院で院長をやっているので、あいさつをしようかと思いまして」

「もしかして救済の森の関係者の方ですか？」

彼女たちの顔が急に険しくなる。

「いや、僕たちは前に救済の森で働いていたんですが、今はもう辞めてしまったんです。ただその時にお世話になった方にあいさつをしようかと思ってこの村に寄っただけなんです。救済の森のクリフという人なんですがご存知ですか？」

「もしかして……知らないのですか？　この村から救済の森はもう撤退しましたよ。クリフさんは今も残ってくれていますが。救済の森からの支援がなくなったせいで忙しくなり、クリフさんも頑張ってくれてはいたんですが……それに……」

彼女は何か言いにくそうな感じだった。もしかしてお金とかの問題なのだろうか？

「それは本当ですか？　それなら僕も回復させることなら少しはお役に立てるかもしれません」

「マイラさん大丈夫なのか？　元とはいえ救済の森の関係者ってことは高額の治療費を取られるんじゃないのか？　特に俺たちのような亜人は人族からの差別がひどいからな」

マイラと呼ばれた女性は耳が髪の毛に隠れていて気が付かなかったが狐族の人だった。子供の方も同じ狐族のようだ。ピコピコと耳が動いている。

僕が子供の方を見ていると、その子も僕の視線に気が付きニコッと笑ったかと思うと僕の手を持って自分の耳を触らせた。

「あら、この子が初対面の人に耳を触らせるなんて。あなた人族にしておくのはもったいないくらい心が澄んでいるんですね」

「いや、そんなことは……」

「この子は言葉が話せない代わりに色々なものがわかるんですよ。この子がこんなに懐くなら人族でも大丈夫だと思います。それにもし、ダメなら私の方で責任を持ちますから」

「マイラさんがそこまで言うなら……だけど、危ない時にはすぐに追い出しますからね。今この村には旅人を面倒見る余裕なんてないんですから」

「村に迷惑をかけることはしませんので。クリフへあいさつをしたらすぐに村を出ます」

マイラさんのおかげで僕たちは無事に村の中に入ることができた。

だけど、村の中では大変なことが起こっていた。

「これは……なんでこんなことに？」

マイラさんは悲しそうな顔をしながら村について説明してくれた。

村の中には家々の燃えた跡が広がっており、村の道路には赤黒いシミがいくつかできている。

よくよく考えればこんな辺鄙（へんぴ）な村に門番がいること自体がおかしな話だった。

何かに警戒をしているということだ。

「これは……盗賊ですか？」

「そうなんです。この村は人族の盗賊に襲われたばかりで、今みんな人族に対して警戒しているんです」

「クリフは大丈夫なんですか？」

「クリフさんはみんなのことを回復させてくれていたんですが、それでも魔力欠乏を起こしたところを盗賊に襲われてしまって……それで今日は隣村に薬草を買いに行ってたんです」

クリフは僕が救済の森で最初にお世話になった兄弟子だ。

僕が入ったばかりで、右も左もわからない時にいつも相談に乗ってくれた。

辛くて辞めたくなった時も優しく励ましてくれた。

優しくて、強くて、それでどこまでも真っすぐな人だったのに。

さっき言い淀んでいたことはもしかしてクリフのことだったのか。

そんな……。

「クリフはどこにいますか?」

「救護院の奥で休まれていると思います。でも……」

僕はマイラさんの話を最後まで聞かずに走り出した。

「ちょっと!　パック!　待ちなさいよ」

救護院は村の中でも目立つ場所にあった。

入口のところには本来救済の森の分院であることが書かれた看板があるはずなのだが今はそれが外されていた。

どうやら、本当に撤退したようだ。

僕は両開きの扉を開き中に入る。

中は空気がひんやりと冷たい。

救護院の造りはだいたいどこも同じだ。

僕は迷わずに普通なら院長のいる部屋まで行く。

院長室の扉をトントンとノックをすると中から声が聞こえる。

「開いてますよ」

クリフの声だ。どうやら生きてはいるし、意識もある。でも声の調子がどこかおかしい。僕はゆっくりと扉を開け中に入る。

「クリフ……」

そこには両目を覆って包帯を巻かれたクリフの姿があった。

「どなたですか？　とても懐かしい声に聞こえるんですが、でもその子はこんなところにいるはずありませんし」

「僕だよ。パックだよ。あぁなんでこんなことに……」

「パック？　そんな、なんでパックがこんなところに？」

「クリフ！」

僕は思わずクリフに抱きついていた。

あぁなんでクリフがこんなひどい目にあわなければいけないんだ。

クリフみたいな優しくて、人を助けるために頑張っている人が。

理不尽過ぎる。

思わず僕の目からは大量の涙がこぼれていく。

「こんな泣き虫パックは一人しか知らないんだけど、今頃救済の森でもエースになっているはずの子がどうしてこんなところに？」

僕とは違いクリフは穏やかに僕の髪の毛をなでながら聞いてくる。

僕は救済の森をクビになったことを簡単に話した。ドラのことは一応秘密にして。でも僕のことなんかよりクリフのことだ。

「クリフの両目は……もしかして……」

「そうなんだ。盗賊にやられてしまってね。もう一生見えることはない」

「そんな……」

「でも、大丈夫だよ。目は見えなくても少しずつ魔力も回復しているし、体調も少し良くなってきたんだ」

クリフはそう言いながら笑顔を作るが、顔は青白く呼吸は荒い。

目の出血は止まっているようなのにこれはおかしい。

目の傷は確かに重症ではあるが、見たところそれだけでこんな症状が出てくるわけはない。

「クリフ、目以外にも怪我してるでしょ」

「パックにはかなわないな。昔から人の状態を見抜くのが本当に得意だね。あの頃から全然変わっていなくて嬉しいよ」

「いいから、どこを怪我してるの？」

「お腹の方をね」

僕はクリフの服を脱がせお腹を確認する。

お腹には包帯が巻かれているが、そこからはじんわりと今も出血している。

「少しずつ回復はしているんだよ。だけど、自己治癒が苦手だったせいでなかなかすぐには回復しきらなくてね。休み、休みでは……」

「クリフ、もう大丈夫。話は後でゆっくり聞くから」

僕は両手に魔力を込めクリフのお腹に手を当てる。

まずはクリーンの魔法でキレイにしてからだ。

「あぁ……パックの手はお日様みたいだね。すごく温かい。なんか段々と気持ち良くなってきたよ。

こんな気持ちがいいのはいつぶりだろう……」

痛みを軽減してもらうために、あわせてスリープの魔法もかける。

これだけの傷を自分で治すなんて普通はできない。

こんな傷を負っていたら、きっと痛みでずっとまともに寝られていないに違いない。

クリーンの魔法でキレイにしたところで包帯を外していく。

キレイにしてから包帯を外すことで止血された部分の再出血を抑える効果がある。

包帯の下は本当にヒドイことになっていた。

この傷で今まで持っていたのがまるで奇跡のようだった。

クリフのお腹には剣が刺さった痕(あと)があり、さらにひねりを加えた痕がある。

確実にクリフの命を狙った傷だ。剣の傷はひねりを入れることで殺傷能力を高めることができる。

こんなことをした奴らを僕は絶対に許さない。

「パック！　ちょっと行くの速いわよ！」

リリたちが遅れてやってくる。

いつの間に懐いたのか、ドラがさっきの女の子の頭の上に乗っている。

一瞬ペットのように見えたのはドラには内緒だ。

「パックさん……クリフさんに何をしているんですか？」

「マイラさん今、クリフのお腹の傷を治しているところです。こんな重症の人を治したことはありませんが、クリフは自分で自分を治療しながらなんとか今まで生きていた感じなので、このままクリフに任せているよりはマシだと思います」

「それじゃあクリフさんは助かるんですか？」

「まだなんとも言えませんが、最善を尽くします」

クリフは自分のお腹の傷を回復魔法で回復させてはいたが、まだ出血が続いていた。

でも僕の治癒の魔法で少しずつ傷がふさがっていく。

この分ならお腹の傷も大丈夫そうだ。

「良かった。本当に良かった。救済の森から回復薬が届かなくなってどうしようかと思っていたんです」

先ほどまで真っ青だったクリフの顔に少し赤みが差す。

これなら大丈夫そうだな。

それにしても、この身体でよく今まで持ったものだ。

僕は腹部が終わると目の方の傷も治す。

ただ、目は残念ながら一度見えなくなったものを見えるようにすることはできない。

それこそ女神の奇跡でも起きない限り。

でも、傷口をしっかり閉じておくだけで全然違う。

「これで身体の傷は大丈夫です。今は少し休ませてあげましょう」

「本当に良かったです」

「他にも怪我人がいるのであれば回復薬を作りますので、空き瓶はありますか？」

「はいっ確か救護院の倉庫にあったと思います」

「それじゃあ、それ全部持ってきてください」

どうしてこうなったのか知りたいところではあるけど、まずは村の人たちを助けるのが先だ。

「リリ、ドラ、この村の人を助けてあげようと思うんだけど大丈夫？」

「パックはムチャしちゃダメって言ってもやるでしょ。それになんでそんなことを聞くのよ？」

「僕は優秀な従魔だからね。もちろん美味しい回復薬飲ませてくれるならやってあげるよ」

「ほら、こんな状態だとお金も貰えそうもないし、タダ働きになるかもしれないから」

「何を言ってるのよ！　仕事じゃないでしょ？　これはパックが救済の森に入ったばかりの時にお世話になった兄弟子に恩を返すだけの話でしょ。私たちはパックの恩人への恩返しなら、それくらいの手伝いはするわよ」

「ありがとう、リリ、ドラ」

それから手分けして僕たちは村の人たちに回復薬を配ることにした。

それにしても救済の森が撤退をするなんて。

この村にいったい何があったというのだろう？

「この村にある空き瓶はこれで全部になります。でもこんなにいっぱい大丈夫なんですか？」

マイラが持ってきた空き瓶は全部で三百本くらいあった。

「村人の数は？」

「全部で二百名弱かと思います。盗賊に襲われて亡くなってしまった人もいるので現在の正確な人数はわかりませんが」

「それならこれだけあれば足りるね」

僕が空き瓶に魔力を込めると瓶の中に回復薬が補充される。

さすがに二千五百本近く一晩で作らさせられただけのことはあって三百本くらいなら余裕だ。

「えっ……すごくないですか？　三百本も一気に回復薬を作ってしまうなんて」

「そんなことないですよ。大量に作れるっていうのは下級も下級の物ですので。ただ、少しは村の人の傷も治せると思います。ドラとリリ、悪いんだけど気を付けながら村の中を回って救護院で回復薬を配るって伝えてきてくれないかい？」

「いいわよ」

「よし、行ってこよう。あっ僕もこの回復薬一本貰ってもいい？」

「別にいいけど、ドラが飲みたいなら直接飲ませてあげるよ」

「いいんだよ。やっぱりあのバリバリっていう歯ごたえがないとな、美味しくないから」

ドラは回復薬の瓶も食感として楽しんでいるようだ。あんな物食べたらお腹壊しそうだけど。僕から回復薬を受け取るとそのまま抱えて外へと向かっていった。

「マイラさんは自力で救護院まで来れない人に回復薬を配るの手伝ってもらってもいいですか？」

「わかりました。他にも手伝ってくれる人を探してきます」

僕は回復薬を持って救護院の入口まで持っていく。

そこに机を置いて後は配るだけだ。

さて、これから忙しくなるぞ!!

なんて思っていたが、救護院の前には数人しかやってこなかった。

しかも、見に来るだけで全然僕の方へやってこない。

「回復薬を配ってますよー」

満面の笑みで愛想を振りまくが誰も近寄ってすら来ない。

そんなに悪人顔じゃないと思うんだけどな。

そんな中で虎族の男が一人僕の方へやってきた。

彼の腕にも包帯が巻かれている。

おっ、初めての人だ。ここは愛想良くいかないとな。

「回復薬配ってますよ。一本いかがですか？」

「お前、誰の許可を得てこんなことをやっているんだ。クリフさんが怪我して動けないのをいいことに、お前みたいな、どこの馬の骨かもわからない奴に好き勝手やらせるわけにはいかんな。俺はあの人に恩があるんだ」

虎人はいきなり回復薬を置いていた机を蹴飛ばす。

「何をするんだ。これは今から村人たちに配る回復薬だというのに」

「お前ら人族はそうやって俺たちから何もかも奪っていくんだろ。その回復薬だっていったいいくらで売りつけるつもりだ！　いっそのことお前を殺して回復薬だけ奪ってやるぞ！　ガルウワア！」

「ちょっと待て！　この回復薬は無料で配るつもりだよ。もちろん、救護院へのお布施(ふせ)なら受け取らないことはないけど」

「はぁ？　嘘をつくな。救護院はこの亜人の村を潰すために救護院へと納めるお金を増やせと言ってきたんだぞ。それでクリフさんは無理して体調を崩されたんだ。その上、盗賊までこの村を襲ってきやがって。お前ら人族は俺たちを追い詰めるだけ追い詰める気なんだろう」

救護院が亜人の村を排除するために、無理なことを言った？

なんでそんなことを？　本当に救済の森がそんなことをしたのだろうか。でも、実際にこの村からは救済の森が撤退をしていた。それにクリフさんが何もしないで撤退を受け入れるなんてことは考えられない。

そしたら本当に……。

僕は救済の森の中で働いていたのにそういった政治的なことは全然知らなかった。

虎人が回復薬を踏みつぶそうとしたところに、先ほどの狐族の子供が飛び出し両手を広げそれをやめるように訴えてくれる。

「ピトラさん、どいてください。この人間族は俺たちの村をさらに苦しめようとしているんですよ。これはクリフさんのためなんです」

どうやらこの虎人と子供は知り合いのようだ。狐族の子供の名前はピトラと言うらしい。

ピトラは僕の前で腕を広げたままどこうとしない。

「コテオさん何をなさっているんですか！」

「マイラさん、それはこいつがクリフさんがいない間に救護院を乗っ取ろうとしているから守ろうと思って」

僕の前にリリとドラが戻ってくる。

「パック、わざわざこんな奴らのために回復薬とか渡してやる必要はないよ。パックはお人よしだからそれでも助けようとするんだろうけど、こいつらいきなり斬りかかってきたんだよ。ドラも私も襲われたんだから。この人たちは人族への恨みを私たちで晴らそうとしているのよ」

リリはもうすでに剣を抜き辺りを警戒しているが実際に斬り付けたりはしていないようだ。

リリの剣には血がまったくついていなかった。

自分の身を危険にさらしながらも相手をケガさせたりしないように注意してくれたんだろう。

「リリもドラも怪我はない？」

「こんな怪我人たちに負けるほど弱くないわ」

「僕だってそれなりに強いよ」

まぁ二人を倒そうと思ったら騎士団でも連れてこないと難しいだろう。

「わかったよ。僕たちはこの村を出ていこう。マイラさんこの回復薬はみんなで使ってください。お代はいりませんが、クリフの救護院に寄付をしたい場合には受け取ってあげてください」

「そんな！　パックさん待ってください。話せばみんなわかってくれますので」

「いや、大丈夫ですよ。本当はクリフの回復を待ってからと思いましたが、無料で回復薬を配ると言っているのにこの扱いですからね。人族への恨みを僕たちで晴らされても困りますし、それに長居することで怪我人のクリフに迷惑をかけるわけにはいきませんので」

「パックさん本当に申し訳ありません」

マイラは深々と僕たちへ頭を下げてくる。

「クリフは今日の夜か明日には目を覚ますと思うのでよろしくお伝えください。それと盗賊はこの近くを根城にしている感じですか？　もし近くにいるようであれば近くの街で騎士団へ報告だけしておきますので」

「ありがとうございます。盗賊はこの村から北の森を進んだところの洞窟の中を今はねぐらにしているみたいです。詳しいことはわからないんですが、街の騎士団にも手に負えないみたいで」

「それだけわかれば十分です。それではみなさんに幸せが訪れることを祈っています。それじゃ行こうか」

僕はマイラとピトラに頭を下げる。

ピトラが無言で足元に抱き付いてきたが、こればかりは仕方がない。

「ピトラ、ダメよ。パックさんに迷惑をかけてしまうから」

「仕方がないな。ピトラちゃん、僕の回復薬をあげるからパックの足から手を離してあげて」

ドラが先ほど持っていった回復薬をピトラに渡している。

そして優しくピトラの頭をなでると僕の頭の上に飛んできて、そのまま居座ってしまった。

ドラが地味に重い。

僕たちはそのまま村を出た。一応門番に声をかける。

「村の人からは手厳しい洗礼を受けたのでこの村を出ていきます。せっかく村に入れてくれたのにすみませんでした」

「いや俺はマイラさんに言われたからだからな、気にするな」

「下級ポーションではありますが、救護院に置いてきましたので後で飲んでください。それでは僕たちはこれで」

「お前ら変わった奴らだな」

「そうですか？　恩を受けた人には恩を返して、困っている人がいたら助ける。そんな当たり前のことをしているだけですよ」

「まぁ、なんだ。村の奴らが悪いことをしちまったようだけどお前らの旅の無事を祈ってるよ」

「ありがとうございます。門番さんにも幸せが訪れますように」

僕たちはノエル村を後にする。

村が見えなくなったところでリリが僕の前に出てきて振り返る。

「それでパック、行くんでしょ？」

「あっ、もしかして気が付いてた？」

「もちろんだろ。パックがそんな簡単に引き下がるわけないからな」

「無理に付き合わなくてもいいよ」

「はぁ何回目？　私はパックの行くところならどこへでもついていくわよ」

「僕は優秀な従魔だからね。できる従魔は気も使えるのさ」

さて、お世話になったクリフに大怪我を負わせた彼らには、それ相応の報いを受けてもらうしかないだろう。

ノエル村の北側の森の中を進んでいくと、しっかりと足跡が残っていた。盗賊たちが大人数でノエル村を襲ったようだ。
「それでどうするの？　一気に斬る？　それともゆっくり斬る？　あっそれとも斬撃で斬る？」
「リリ、全部それ斬ってるだけだからね。盗賊は基本生け捕りだからね」

「フフフ。リリはおっちょこちょいだな。パックがそんなことするわけないだろ。焼くか、圧縮するか、踏みつけだろ？」

「うん。ドラ話聞いてた？　それ全部殺すのが前提になってるね。ドラの攻撃普通に死んじゃうやつだから」

　二人ともなぜかキョトンとした顔で僕の方を見てくる。

　純粋過ぎる目がある意味怖い。

「そんなことするわけないだろ。ちゃんと捕まえて兵士に引き渡すよ。マイラさんが言ってただろ、街の騎士団でも手に負えないって。つまりボーナスステージってことだよ」

「パックどういうこと？」

「騎士団の手に負えない盗賊とかには高額の賞金がかかっていることが多いんだ。しかも、あの村を襲うだけの人数がいるってことは、かなり大きな盗賊団だろうから、頭（かしら）以外でもいい値段になるはずだよ。しかも、生きて捕まえれば全員犯罪奴隷になること間違いなし。縛って村の前に放置しておけば復興資金になるからね」

「なぁリリ、意外とパックって金のことになるとしっかりしてるんだな」

「ドラも気が付いた？　回復薬とか自分で売るのは苦手なのに、昔から盗賊退治にはやけに燃えるのよね。まぁ楽しいからいいんだけど」

　なぜか呆（あき）れた顔でドラとリリに見られたが気にしたら負けだ。

「それでパック、今回もあの作戦で行くの？」

「ほぉそれはどんな血沸き肉躍る作戦なんだ？　もちろん僕の活躍する場面もあるんだろうね？」

ドラが異様にやる気を出している。

「もちろんだ。今回の作戦はドラが要と言っても過言ではない。作戦は……」

僕たちは念入りに打ち合わせをして洞窟へとやってきた。

まだ、昼間だというのに盗賊たちは洞窟の入口で浴びるように酒を飲み、宴会をしている。

数はかなりのものだが、すでに何人も酔いつぶれているようで幸先が良さそうだ。

「それじゃあ僕が先頭切って行くから二人は打ち合わせ通り頼むよ。もしかしたら、連絡係で外に出ている奴がいることも考えられるから逃がさないようにね」

盗賊は見えるだけでも五十人以上が酒を飲んで騒いでいる。

これだけ酔っていると非常にやりやすい。

まずは遠くからスリープの魔法をじっくりかけていく。

これで眠り魔法の耐性がない人は深い眠りへと誘(いざな)われていく。

普通の盗賊だとだいたいこれで八割以上は大人しくなってくれる。

後はリリの出番だ。

リリは剣士でありながら盗賊のスキル『忍び足』を習得している。

ドラに気が付かれずに背後に回ったのはこのスキルだ。

スリープには耐性がある人でも注意力を少し散漫にさせる効果があるので、後はリリが全部、峰打ちで沈めていく。

何度か同じように盗賊を狩ったことはあるが、さすがに五十人規模はかなり大きい方だ。

広場の盗賊は全部夢の世界へ行ってもらい、手、足、口、身体を生糸で縛り上げる。

生糸は一本でもそれなりの強度があるがまとまることでさらに強くなる。

そう簡単に切られることはない。

さすがに五十人もいると、一度に大きな街まで運ぶのは大変なので縛り上げた盗賊は全部ドラにノエル村の入口へ運んでもらう。僕たちだけで運ぼうと思うと大変だが、ドラがいることでかなり楽になりそうだ。

「さて、どんどん行こうか」

広場にいた盗賊たちはきっとなんで捕まったのかもわかっていないだろう。僕とリリは効率良く盗賊たちを捕獲し縛り上げ、それをドラが大きなドラゴンの姿に戻り運んでいく。

ドラにはできるだけ騒ぎにならないように注意してもらうが、門番がいたからばれてしまう可能性も高い。まぁバレたところで、もうあの村に寄ることはないので大丈夫だろう。


次に僕たちは近くにあった洞窟の中を探索する。

洞窟の中にはランプの魔道具が等間隔で設置されている。ここが拠点のようだ。

僕たちは慎重に足音を立てないように進んでいく。

最初の角のところで様子を見ようと顔を少し出したところを、いきなり目の前に剣が振り下ろされた。かろうじて避けたが、気付くのが遅れていたらと思うとぞっとする。

「あぶなっ！」

今回の盗賊はなかなかやるようだ。

普通仲間が外でやられていたら驚いて飛び出してくるのが多いが、待ち伏せしていたとはだいぶ冷静に判断している。

ずっとこの洞窟の中で息をひそめて様子を窺っていたに違いない。

「チッ！　今ので仕留めるはずだったのによ」

「はいマッシュの負け、後で罰金頂戴ね」

「あぁわかったよ」

そこには外にいた連中とは明らかに空気が違う男女五人が立っていた。

賭け事でもしていたのだろう。盗賊の女性がマッシュと呼びかけた男に手を差し出している。

「あんな雑魚たち何人捕まえられてもいいんだけどさー。仕事するのにやっぱり頭数って必要なのよ。だからそんなに捕まえられるのは困るのよね」

「安心していいよ。ここにいる人も全員捕まえるつもりだから」

僕はあえて挑発するように盗賊たちに声をかける。

「ずいぶん余裕だね」

「外の奴らもお前らもそれほど変わらないからね」

「てめぇ！」

「おい無駄話はいいからさっさとこいつら雑魚たちをやるぞ。こいつらを八つ裂きにして俺は美味い酒の続きが飲みたいんだからな」

マッシュと呼ばれた男が剣を構える。

僕も剣をしっかりと握り直す。一気に緊張感が増す。

どちらかが先に動いた瞬間に戦闘が始まる。両者とも視線をまったく外さず、お互いがお互いの動きを見て牽制し合っていた。

じんわりと剣を握っている手に汗が出てくる。

先に動いたのはマッシュの方だった。お互いが動かないことに痺れを切らしたのか他の仲間に声をかけた。

「おい、お前ら行くぞ……」

だが、先頭にいたマッシュの声に反応する者がいなかった。

「後ろ確認した方がいいよ。もちろんその間に攻撃とかはしないであげるから」

「はぁ？　おいっ！　お前らいい加減にしろ」

「何？　どうしてそんな怒っているの？」

マッシュは僕を警戒しながらも後ろを見る。

そこではすでにリリの攻撃で全員床の上に伸びている光景が広がっていた。

リリは優しい笑顔で洞窟内の岩の上に腰かけマッシュに手を振っている。

マッシュは恐怖に怯（おび）えた顔で僕の方に顔を向けてくる。

そこへさらにリリが彼の後ろから追い打ちをかける。

「えっと？　なんだって言ってたんだっけ？　雑魚がなんとかってさっき言っていた気がするんだけど。雑魚はどっちだったのかしら？　言っておくけど、私よりもそこにいるパックはもっと強いからね。下手に歯向かわない方がいいわよ」

リリ、脅かし過ぎだって。

僕よりリリの方が確実に強い。

マッシュはリリの方に盛大に身体をひねりながら跳び上がるとそのまま、膝から着地し頭を地面にこすりつける。

「姉御、大変失礼しました。申し訳ありません。どうか、兵士に突き出すだけで勘弁してください。これからはまっとうに生きていきます。命だけはご勘弁ください」

変わり身が早過ぎる。

「だから、私じゃないって。まぁ残念だけど、あなたたちがこの先のノエル村を襲った時点で運が尽きたのよ。あそこはパックの大切な人がいたのに殺そうとしちゃったからね。ただ殺されるような優しいことになればいいけどね？」

僕は目をこすりながら今の状況を確認する。

これどっちが悪役だ？

どう考えても盗賊の方が悪いはずなのにリリの方が悪そうに見えてしまう。

「リリその辺りで」

「はいよっ！　パック」

リリが僕に満面の笑みを浮かべたところでマッシュは貰ってきたばかりの子犬のように怯えだした。リリの笑顔には人を恐慌(きょうこう)状態にする不思議なスキルでもあるのだろうか。

いや、あるにしろ、ないにしろそれを聞いた時点でマッシュの横に正座させられる未来しか見えないので確認するのはやめておこう。

パックたちが去った後のノエル村では大変なことが起こっていた。

マイラはパックたちが村を出ていってから自宅に戻り非常に落ち込んでいた。

普通、下級回復薬にしてもあれだけの回復薬をタダでくれるなんてことはありえなかった。

買ったらいったい、いくらになるというのか。

少なくとも今この村の予算を全部出したとしても買える金額ではなく、それにこれだけの回復薬があると知れ渡ったらそれだけで盗賊に狙われる理由になってしまう。

嬉しいことではあるが、あまり考えたくなかった。

自分で持っているよりもさっさと回復薬を村人に配ってしまおうかと思ったが、クリフが起きるまで待つことにした。

「はぁ本当に悪いことをしたわ。クリフさんの恩人なのに」

料理をしながらついつい独り言が口からこぼれ、彼らのことを考えてしまっていた。

パックたちが村を出てすぐ、村の人たちにはマイラから説明をした。

小さな村なのでマイラが腰を痛めていたのをみんな知っていたが、パックがくれた回復薬で治ったというのを伝えるとみんな驚いていた。

それに、クリフの傷を回復させてくれたことも伝えた。

それを聞いたコテオもクリフを助けようと思ってやったこととはいえ、非常に後悔していた。

それから、マイラたちはパックたちを追い返したことをさらに後悔することになる。

それはパックたちが村を出て数時間後のことだった。

村の門番が緊急事態を伝える笛を吹き大声で叫んだ！

「ドラゴンが攻めてきたぞ！　逃げろ！　ドラゴンが捕まえた人間を村の前に転がしていった！」

門番のヤコブの言っていることは支離滅裂だった。

ドラゴンが攻めてきた？

人間を村の前に転がしていった？

「ヤコブ、落ち着いて」

「村の入口に黒いドラゴンが来たんだ！　それで人間を転がしていったんだ」

「ドラゴンが攻めてきたの？　それとも人間を転がしていったの？　まずはその人たちが生きているなら助けないといけないけど？」

いまいち要領を得ないのでマイラは男たち数人に声をかけ、門のところまで慎重に確認しに行く。

今のところ村の門や塀が壊されているような様子はない。

もし、本物のドラゴンならいくら村を塀で囲ったとしても無駄にはなってしまうが、壊されていないというだけで少し安心した。

遠目から門が見える位置に着き、門を確認するが見える範囲にドラゴンはいなかったが、ただ、門の前には身体をグルグル巻きにされた男たちが数人転がされているのが見える。

「まずはあの人たちを助けましょう！」

ゆっくりと辺りを警戒しながら近づいていく。近くに他の人間や魔物の気配はなかった。

「大丈夫か。今外してやるからな」

門番のヤコブが倒れている男の一人に近づき紐（ひも）をナイフで切ろうとするが紐は簡単には切れなかった。

まわりに危険がないことを確認できたことで少し冷静になり男たちの顔をまじまじと見る。

それにしてもどこかで……。

「ヤコブ、紐を切るのは待って！　この男たち、村を襲った盗賊よ！」

「えっ？　嘘だろ？」

倒れている男たちからは酒の臭いがしてくる。

かなりぐっすり眠っているようだ。

いったいどういうことなのだろう？

ドラゴンが盗賊を捕まえわざわざ村に連れてきた？

そんなことがあるのだろうか。

マイラが悩んでいると急に空が暗くなり、バサバサと大きな羽ばたきの音が聞こえる。

「マイラ、もう遅いかもしれないが逃げろ」

ヤコブが空を見上げ震えながら槍を構える。

しかしドラゴンはマイラたちを気にもとめずに村の前にまた数人の男たちを転がしていく。

マイラの頭の中は「？（ハテナ）」でいっぱいになった。

どういうことなの？

いったい何が起こっているの？

誰かに説明をしてもらいたいと思ってしまうが、当たり前だが誰も説明してくれない。

そしてドラゴンは何回往復したかわからないが、五十人以上の盗賊を運んできた。

そして最後に意識のある男が運ばれてきた。

ドラゴンは最後に無言で男を睨みつけるとそのまま遠くへ飛び立ちもう二度と戻ってくることはなかった。

村のみんなはドラゴンに怯えていたがピトラだけは満面の笑みで手を振っている。

盗賊の股の部分にはシミができており、ずっと小刻みに震えていた。

地面に降りてからもずっと目をつぶっていたが、マイラが話しかけると急におかしなことを言い出した。

「あぁまともな人だ。ごめんなさい。俺たちは盗賊としてこの村を襲いました。本当に申し訳ないことをしました。お願いします。早く兵士を呼んで俺たちを捕まえるように伝えてください。もしくは今すぐ殺してください」

そう言って地面に頭をこすりつけたまま、男はずっとマイラたちに懇願した。

本来なら、私刑を与えてもおかしくないはずだったが、彼の怯え方からよほど怖い目にあったのだろうと村で罰を与えるのを躊躇するほどだった。

でも、それからが大変だった。

村には馬車などがなかったので急いで盗賊たちを捕まえたと隣の町へ連絡をしに行った。

ただ、ドラゴンが五十人以上の盗賊を捕まえノエル村まで連れてきたと言ったが他の街では誰一人信じてくれなかった。

盗賊たちもドラゴンに連れてこられたと言ったが、盗賊の話など信じる人はおらず、村が襲われないようにするための嘘だろうといった感じで聞き流されて終わってしまった。

盗賊を街に引き渡したお金はかなりの金額になった。

盗賊から襲われて被害を受けた村を復興するには十分な金額で、余ったお金でドラゴンを守り神として銅像を建てようということになった。

そして、さらにマイラたちには驚くことが続いた。

盗賊を数日かけて街へ引き渡し、それが終わる頃やっとクリフが目を覚ました。

クリフの目が覚めるまでの日数はパックの予想よりもだいぶ時間がかかりみんな心配をしていた。

パックたちのことについてマイラとコテオが報告して謝る。

「クリフさんごめんなさい。あなたの命の恩人なのに」

「本当に申し訳ない。話も聞かないで暴れてしまって」

「パックは昔から気を使い過ぎる子でしたからね。きっと僕の立場を考えて去っていったんだと思います。なので二人とも気にしないでください。またそのうち彼とはどこかで会えるでしょうから」

クリフは本当に会えることを信じているようだった。

「クリフさん、ずっと寝ていたので包帯とか交換していないんですが交換してもいいでしょうか？」

「あっそうですね。目の方の傷もふさがったでしょうから。そちらも外してもらってもいいでしょうか？」

「もちろんいいですよ」

「マイラさんの素敵な笑顔が見えなくなってしまったのが残念ですね」

クリフは本当に残念な感じでつぶやくように言う。

「じゃあずっと若いままの私を覚えていてくださいね。それでは包帯を外しますね。あれ……包帯が新品になっていますが、パックさんが替えてくれたんですかね？」

「いや、それはパックのクリーンの魔法だと思うよ。パックは雑用系だったんだけど掃除するスキルもレベルが高くてね。彼はなんでもできるんだよ」

マイラが腹部の包帯を外し、次に目の包帯を外していく。

一瞬、目を潰されヒドイ傷がついていたのを思い出し包帯を外す手が止まってしまう。

でも、一番辛いのはクリフだ。

これから大変になるが支えなくてはいけない。

傷痕くらいでビックリしてはいられないのだ。

包帯が外れ少しずつクリフのまぶたが見えてくる。

そこには思った以上にきれいな皮膚が見えてきていた。

最後まで包帯を取ると、前にマイラが見た傷が嘘のようになくなっていた。

マイラは、あの時自分だけ悪い夢を見ていたのではないかと錯覚に陥る。

「クリフさん、パックさんは凄腕の治癒師なんですか？」

「いや、彼が僕といた時には雑用は上手かったけどね。それほど治癒が上手いとは聞いたことがないな。たまに下級回復薬を作ってはないしょでみんなに配っていたけどね」

「ごめんなさい。クリフさんの目は今も完全に見えないんですよね？」

「そうだよ。いくら凄腕の治癒師でも完全になくなってしまったものを回復させるのは、世界でもトップクラスの治癒師じゃないと無理だからね。そんな人と知り合いになることも難しいんだよ。パックがあの傷を回復させてくれただけでも奇跡みたいなものだし、生きていただけで儲けものだよ」

「あの……一度だけ目を開けてもらえますか？」

クリフは少し悲しそうな顔をしてマイラの声のする方を見る。

「目は……マイラも覚えているだろ？　くりぬかれ火で焼かれたからまぶただって……あれ？」

クリフがゆっくりと目を開ける。

外の明るさに眩しくて一度目をつぶってしまうが、何度かゆっくりと目を開けることで目が慣れていく。

「目っ……目が見える。嘘だ。だって……あの時確かに……僕を治したのはパックなんだよね？」

「はい。腹部の傷も目もパックさんが治しました」

「そうだ！　腹部の傷を見れば傷の痕でわかるはずだ」

クリフが腹部の傷を確認すると腹部には傷痕すら残っていない。

「あっ……パック……本当にありがとう。こんなに成長していたんだね。ありがとう、僕に二度目の人生を与えてくれて」

それからクリフはしばらくの間泣き続けた。

目を失い、もう二度と見えることはないと思っていたものが復活する。これを奇跡と呼ばずになんと呼ぶのか。もし、救済の森にまだクリフが所属をしていたらきっとこのことも報告がなされていただろう。

だが、救済の森から外されたことによってこの奇跡は村の中だけでおさまることになる。

特に亜人の村というのも大きかった。

差別が残る亜人の村だからこそ、この世界を変えるほどの奇跡は驚くほど広まらず終息していく。

そして、最後にもう一つマイラたちを驚かせることが起こった。

「クリフさんそれで、回復薬の方はどうしましょうか？」

「パックがくれたなら間違いはないと思うけど、一応一本僕が飲んでみて大丈夫なら村の人へ配ってあげよう。怪我している人も沢山いるだろうからね」

クリフが最初の一本を飲み干す。

「すごいよ。この回復薬を飲んだらすごい力が溢（あふ）れてくるようだ。なんだか若返った気分になるよ」

そこへピトラが、ドラから貰った回復薬を持ってきて口をパクパクしながら回復薬をマイラに突き出してくる。

「ピトラも回復薬飲みたいの？」

ピトラはコクリと頷く。

ピトラは生まれた時からずっと話すことができなかった。

色々な人に見せたが原因はわからず、先天的なものだろうと言われた。

でも、その分まわりの感情や気配に敏感でマイラが無事だったのもピトラのおかげだった。

ピトラには、悪意や憎悪などの悪いものや、優しい感情などを感じ取る何かが備わっているようだった。

ただ、今回の危機のようにピトラが何かを察知してもそれがなんなのか、村の人に説明ができなかったせいで避難が遅れたということもあるのだが。

マイラは回復薬の瓶の蓋を外してあげてピトラに渡す。

ピトラは軽く頭を下げてお礼を伝えた後、ゴクゴクと回復薬を飲む。

「んがっ……ゴホッ、ゴホッ」

「ピトラ大丈夫？　一気に慌てて飲むからよ」

「うん。ママーこのジュースとっても美味しいよー」

「えっ？　ピッ、ピトラ、声が出るようになったの⁉」

「あっ……ほんとだー！　回復薬ってすごいんだね。私大きくなったらかいふくじゅちゅしになるー」

　マイラはまわりの目もはばからず大きな声で泣きながらピトラを優しく抱きしめる。

「ママーどこか痛いの？　パックの回復薬飲めば痛いの治るよー」

「あっうん。そうだね。ピトラもっと声を聞かせて」

「いいよーピトラもママといっぱいお話したかったんだ」

　でも一番驚いているのはクリフだった。

「そんな…ありえない。回復薬は怪我をした部位を元に戻すのが普通だ。最初から話せないピトラが話せるようになるなんて！　それを回復させられるのは、伝説になっているドラゴンの血ぐらいしか。いやでも、まさか。ドラゴンの血なんて……いやでも……わからない……」

　部屋の中にはマイラの泣き声とクリフの思い悩む声が響き続けた。

「パックお兄ちゃん、ドラちゃんありがとう」

　ピトラの声は部屋の中を温かい空気に変え、そして静かに空へと消えていった。

　ピトラがそれから回復術師を目指し成長していくのはまた別のお話。

第三章

「パック、それでこれからどうするの？　こんなにいっぱいあると持っていけないよね？」

「そうだねぇ。結構溜め込んでたね。でもあれがあるみたいだからね」

「こんな食べられない物持っていくのか？」

僕たちは今、盗賊が隠れていた洞窟の奥にきていた。目の前には盗賊たちが溜め込んだ財宝が大量に置いてある。

珍しい武器や防具、宝石、それに変な銅像まで色々な物が沢山ある。

盗賊を退治した後に得られた武器や防具などは基本的に討伐(とうばつ)した者や、発見した者がすべてを貰えることになっている。

冒険者と違って財宝などを探すトレジャーハンターなんていう職業もある。

冒険者も洞窟に潜るという点では同じで、区別があるようでほぼないのだが。

リリがマッシュを尋問をしたところ、もう他に出ている盗賊はいないということだった。

広場にいたのと洞窟にいたのが全員だったという。

嘘を言っている可能性もあったが、リリが相当脅した後に、ドラが戻ってきて追い打ちをかけたので嘘は言っていないと思う。

段々と見ているこっちが可哀想になってしまった。

マッシュたちはこの財宝をどう運ぶつもりだったのか聞いてみると、マッシュたちはマジックボックスを持っているとのことだった。

マジックボックスは見た目は普通の鞄だが、見た目とは違って数倍の収納能力がある鞄で、普通は市場に出回ることは少ない。

マッシュたちが持っていた物は、商人を襲った時に手に入れた物ということで、かなりの容量が入る物だった。

今までノエル村の近くから、遠くに遠征して食料や財宝を奪い、ここの洞窟を拠点にしていたが、徐々に襲撃できる場所が減ってきたのでノエル村を最後に場所を移すつもりだったらしい。

「これは三人で分けるってことでいい？」

「私はいらないわよ。パックが好きに使っていいよ」

「僕もいらないよ。食べられない物よりも美味しい回復薬の方がいいな」

「そうなの？　じゃあ旅の資金と人の役に立つようなことに使わせてもらうね。二人ともありがとう。でも何か欲しい物あったら言ってね」

「私はパックが欲しいな」

「リリ、ダメだぞ。パックを食べたら回復薬が飲めなくなるだろ」

「ドラは回復薬が飲めればいいのよね？」

「そうだよ」

「じゃあ回復薬はドラにあげるわ。私はそれ以外を貰うから」

「うん。それいいね！　さすがリリ天才だね！」

「でしょー」

二人はいつの間に仲良くなったのかふざけた話を真面目な顔でしていた。

これツッコまないと終わらないやつだ。

「でしょーじゃないから！　二人で盛り上がり過ぎだから。財宝回収したら次の街へ行くよ」

「パックってツッコみ下手だよな」

「そうよね。せめてもう少し乗ってからとかね」

「なー」

リリもドラもどれだけ僕に高等技術を求めてくるのか。そんな腕はないのに。

もう嫌だ。二人とも敵だ。

だけど、僕だってやられっぱなしではいられない。どこかで絶対仕返ししてやる。

「パックが落ち込んじゃったから今日はこの辺りにして、次はどの街へ行くの？」

「絶対どこかで仕返しするから覚えといてね。さてどこへ行こうね。まだ決めてないんだ。リリ、地図ある？」

「パックの心の声漏れてるー。はいどうぞ」

ふざけるのはほどほどにして、地図を見ながら次に行く場所を決める。

ノエル村から近い場所だと、ヤナエ村かラリッサの街が近い。

聖女がいたモンセラットの街とはどちらもノエル村を挟んで反対側にあたる。

できればクビになったモンセラットには近づきたくない。

「ここからはヤナエ村は近いけど、でも一度旅の準備もしたいからラリッサの街へ行って準備をしようか。それにラリッサの街にはモンセラットと同じくらい大きな救済の森の支部もあるからね。芝生が近い割に行ったことないいんだけど。あそこには大きなキレイな墓地があるらしいんだよね。一面に敷き詰められていて観光名所にもなっているみたいだよ」

「あそこって男女の隠れデートスポットだよね？　私と行きたいってこと？」

「えっ違うよ。ただ見てみたいってだけ」

「パック……優しいのに何げにひどいのな」

「でしょ！　ドラちゃん本当にこの男は……もう泣けてくるわ」

泣きまねをするリリにドラはパタパタと飛んでいき優しく頭をなでる。

二人の目が怖い。なんでこの二人はタッグ組んでいるのさ。

僕にだけ厳し過ぎる。

「じゃあラリッサの街でいい？」

「えぇいいわよ。一人で墓地でもなんでも行ってくればいいじゃない」

「えっリリは行かないの？　てっきり一緒に行くんだと思ってたけど。それなら別行動だね」

僕が置いていこうとするとリリは慌てて否定してきた。

「行きます！　行きますよ！」

「僕はどこでもいいよ。回復薬のついでに美味しい物食べさせてね」

「わかってるよ。ノエル村では食事できなかったからね。ラリッサの街では少し美味しい物を食べよう」

「よし！　行くぞー！」

ドラが洞窟の外で大きなドラゴンの姿に戻る。

「ドラ、その姿で行ったら美味しい物じゃなくて兵士が出てくるからね」

「えっ？　飛んでいかないの？」

「飛んでなんか行かないよ。兵士と揉めたくないし。ゆっくり歩いて行こう」

僕たちは洞窟内の宝物をマジックボックスの中に回収してから、ゆっくりとラリッサの街へ行くことにした。

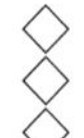

ラリッサの街までは歩いて二日だった。
街道を歩いている途中で仲良くなった商人のライアンが、護衛を引き受けてくれれば無料で馬車に乗せてくれるというので、僕たちは護衛を引き受けることにした。
なんでも、この道には凄腕の盗賊が出るとのことで、ライアン自身も護衛を雇ってはいたが、護衛が増えるに越したことはないとのことだった。
かなり強い盗賊であまりに商人たちが襲われるので今後大規模な討伐作戦も計画されているらし

い。

しかも、その盗賊はラリッサの街でも盗みに入って、なんでも街の大切な物まで盗んでいったとかって話で、今は街の警備が厳重になっているとのことだった。

僕とリリは冒険者ギルドに登録をしていたのと、救護院にいたおかげか立ち居振る舞いが盗賊とは全然違うという理由で馬車に乗せてもらえた。

リリの立ち居振る舞いは盗賊よりも怖いからね。

僕がそう思いながらチラチラ見ているとリリは顔を赤くしていた。

僕の考えがバレて怒っているのか？

女性は目で感情を読むって聞いたことがあるけど、変なことは考えない方が身のためだと改めて思った。

馬車の旅は特に大きな異常もなく無事に終わった。

途中で魔物が出てきた時にリリが率先して魔物を狩りに行ったら、それまでは護衛についていた他の冒険者からずっと口説かれていたのに、魔物を倒して以降一切口説かれなくなってしまった。

きっとリリの戦う姿があまりにカッコ良過ぎて口説くのが怖くなってしまったんだと思う。

やっぱりドキドキすると話しかけにくいもんね。

特に、ホブゴブリンとの戦闘を一瞬で終わらせ、その返す刃で岩石キャットという防御に極振りの魔物を一撃で斬り伏せたのは見ていた僕も驚きだった。

岩石キャットは硬くて有名な魔物だ。

少なくとも駆け出し冒険者が倒せる魔物ではない。

リリはそれを斬ってしまうのだから本当にすごい。

でも、それ以上に驚いたのが、ドラが岩石キャットを普通にかじって食べてたことだ。

岩石キャットはドラから言わせると、肉は硬いが美味しい方らしい。

ちなみに、ゴブリンには手も出さなかった。

こっちはどんな風にしても食べられなかったらしい。

無事にラリッサの街までライアンさんを送り届けると、ライアンさんからは、もしまた何かありましたら指名依頼しますと社交辞令を言われてしまった。

冒険者になったばかりのEランクに指名依頼なんて普通ありえないが、そうやって言ってもらえると少しやる気が出てくる。今後冒険者としてやっていくにしても、こうやって信頼関係を少しずつ積み重ねていくのが非常に大事だと改めて思った。

僕たちも冒険者としてやっとスタートラインに立てたんじゃないかとちょっと嬉しくなる。

ラリッサの街はかなり厳重な警備がされていた。

持ち物の検査などもされ、ライアンさんの荷台の荷物なども調べられたが、僕のマジックボックスの中までは確認されなかった。

街に入って最初に宿屋を確認する。

本当は救護院にも行きたいし、墓地も見てみたいが、ここ数日簡易のテントや外の食事ばかりだったのでゆっくり休む場所と食事を確保したかったからだ。

ずっと救護院で生活をしていた僕がいきなりキャンプや外での生活に慣れるのにはもう少し時間がかかりそうだ。

リリはさすがにまったく弱音は吐かなかったけど。

この街には冒険者が多いおかげか、安宿から高級な宿まで色々選び放題だった。

「リリはどこがいい？」

「寝るところはまたパックと同じ部屋でいいとして、お金には余裕ができたからご飯は少し美味しいところがいいかな」

「じゃあご飯が美味しい宿屋を探そうか」

ということで僕たちはご飯の美味しい宿を探す。

部屋は別の方がいいのかと聞こうと思ったが、お金ができたのに一緒の部屋ってわざわざ言ってくるってことは無駄遣いせずに倹約をしろってことだろう。

そんなことはさすがの僕でもわかっている。

リリは幼馴染だからな。

リリの考えることなんてだいたいわかってしまうのだ。

宿屋街へ行く途中、雑貨屋などで必要な物を買いながら店主に宿屋の情報を聞くと、どこの店主もご飯だけなら月宮のウサギ亭が一番美味しいと教えてくれた。

ただ、店主が料理は好きなんだけど部屋は汚いらしくご飯だけ食べに行った方がいいと言われてしまった。

とりあえずどんな感じの宿屋なのか覗(のぞ)いてみよう。

僕たちが街の中で買い物をしていると、小さな女の子が大きな買い物袋を引きずって歩いていた。

「リリ、あの子大丈夫かな？」

「パックにはあの子はまだ若過ぎるから手を出すなら私にしておきなさい。大変なことになるから」

リリは真面目な顔で僕に言ってくるが、口元がピクピク動いており笑いをこらえるのに必死なようだ。

「ねぇリリ、どういう意味の大丈夫だと思ったのかな？　それちょっと冗談でも笑えないやつだよねぇ」

僕はリリの頭に軽く手を置き、左右にグシャグシャと髪の毛をぼさぼさにする。

「ごっごめん。ちょっと調子に乗り過ぎた。やめてーせっかく整えた髪の毛がー」

リリはあっさり引いてくれる。

「本当だぞ、リリ。お前はそういうところがあるからな」

ドラはどうやら強い方の味方のようだ。

今回は僕に味方をしてくれるらしい。

「パックが大丈夫かって聞いたのは、あの子の鞄に入っているリンゴが腐ってるからっていう意味だぞ」

ドラはドラでずれていたが、さも当たり前のような顔で見られても困る。

どれだけ食い意地が張ってるんだ。

「ドラ、ここからじゃそんなのわからないからな」

またしても、えっ違うのみたいな顔はやめて欲しい。

そんなことを言っていると、女の子が引きずっていた鞄から果物がどんどんと落ちていく。

残念なことに女の子はそれに気が付いていなかった。

仕方がない。ちょっと助けてあげるか。

「お嬢さん、果物落としてますよ」

ドラが言った通りリンゴが腐っていたので回復魔法で回復してあげる。

それにしても、子供相手だからと言って腐ったリンゴを売るとはヒドイことをする人もいるようだ。

普通腐った食べ物に回復魔法を使うような人はいないが、僕は回復薬の可能性を広げるために日夜自分で色々とチャレンジしていた。その結果多少腐った物なら回復できるというのを発見した。

完全に腐ってしまった物は無理だが、少し傷んだぐらいなら回復魔法で回復させることができる。

まだ生きているってことなんだろう。

「おじちゃんありがとう」

「ププ、おじちゃんだってよ。パックさん」

リリが女の子に果物を渡しながら僕の方を見て噴き出している。

このくらいの女の子からすれば僕たちはおじちゃんになっても仕方がない。

実際十歳以上は離れていそうだ。

「おばちゃんもありがとね」

「私が、お……ば……ちゃん」

リリは拾った果物を持ったまま石になったように動かない。

「ハハハ！　リリおばちゃんだってよ。残念だったな」

今度はドラがリリをからかい始めた。

ドラはリリの頬をペチペチと叩いている。

「わぁーすごい！　黒いトカゲが話してる」

「僕がと……か……げ」

リリをからかっていた、ドラの心も折れたようだ。

そりゃそうだろ。その大きさでドラゴンだと言っても誰も信用してくれないのを狙って小さくなってもらっているのだから。

それにしてもすごいな。うちの二人の心を一気に折ってしまうなんて熟練の猛者（もさ）なのかと勘違いしてしまう。

「おうちの人のお手伝い？」

「うん。お父さんが怪我をしたから、私が代わりに頑張るの」

「偉いね。でもこのままだとまた果物落としてしまうかもしれないから、家まで持っていくの手伝ってあげるよ」

「おじちゃんいいの？　ありがとう！」

「おじちゃんじゃなくてお兄さんとお姉さんね。あとこの子はドラっていう名前で、トカゲって名前じゃないから間違わないであげて欲しいな」

「わかった！　お兄ちゃん、お姉ちゃん、ドラちゃんありがとう。私はレイナって言います。よろしくお願いします」

女の子は元気にお礼を言ってあいさつをしてくれた。

「ちょっとパック、この子めっちゃ可愛いんだけど」

「僕をトカゲと言ったことは、今回だけは許してやろう」

二人とも立ち直りが早かった。


僕たちはレイナの荷物を持ってあげて、家までついていく。

レイナは歩きながら救護院の場所や墓地の場所、それ以外にも最近盗賊に銅像が盗まれた話とか、この街の観光名所、それに美味しい駄菓子屋さんの話など色々教えてくれた。

気が付くと、だいぶ遠回りをさせられたが、小さなガイドさんに案内してもらったと思えば仕方がない。

レイナの家は宿屋街の中の一角にあった。

「ここが私の家だよ」

その家はあまり綺麗だとは言えない、良く言えば趣(おもむき)がある家で、一階が食堂になっていた。

「お父さんただいま！　通りすがりのお兄ちゃんたちが助けてくれたの！」

店の中にはレイナの父親らしき人が椅子に座っていた。

「旅の人かい？　娘が迷惑かけたみたいで悪いな。イテテッ。足首をひねっちまって、立つのもやっとなんだよ。痛みが取れないから救護院で回復薬買ったのに全然効きやしなくてよ。ちょっと待ってな。イテテ……」

「大丈夫ですか？　もしよろしければ余っている回復薬あるのでこれ飲んでください」

「いや、冒険者さんに娘を助けてもらったのに回復薬まで貰うなんて俺にはできねぇよ。恩を受けても返せねぇからよ。それに回復薬なんて高価な物が余っているなんてわけないだろ？」

「じゃあ、僕から貰った優しさは誰か他の人に渡してあげてください。そうすればいずれ、僕のところに大きくなって帰ってくるので」

「なんだ、あんた救済の森の人みたいな言い方すんだね。まぁ救済の森だったら嘘でも回復薬やるなんて言わないけどな。あいつらは口ではいいこと言っても高額で薬売ることしか考えてねぇからな。イテテ」

「ハハハ。どうぞ。これあげますので飲んでくださいね。それじゃあ僕たちは今日の宿を探しに行くのでこれで」

「いやいや兄さんたち、ちょいと待ちな。宿を探しているならうちの二階を使うといい。救済の森の回復薬でも治らないからダメかもしれないけど、あんたの善意は貰うし、他の人にも優しくする。ただ宿を探しているなら話は別だ。娘を助けてもらったのと回復薬のお礼で食事代だけで宿泊費は三泊無料ってのはどうだ？」

「あっ……えっと……月宮のウサギ亭っていうところが料理が美味しいって聞いたのでそこへ泊まろうかと思っているので、お気持ちだけで大丈夫ですよ」

「なんだ、だったらうちの客じゃねぇか。月宮のウサギ亭はここだよ。まだ看板外に出してなかったけど、あれ見な」

おじさんが指さした方には丸い板に月宮のウサギ亭と書かれた看板が置いてあった。

確かに宿としては問題ありそうだが……料理は怪我していてできるのか？

そうとなれば治してもらうのが一番だろう。

「それなら美味しい料理のために、足首をちょっと見せてもらっていいですか？」

「別にいいけど、見てもわかるのか？」

「私たち駆け出しの冒険者なので少しは知識をかじってますから任せてください」

「そうかい？　まぁ見るのはタダだからな。頼むよ」

足首の動き、腫れ、熱感などを確認する。

なんとも怪しい。骨にヒビが入っている可能性がある。

それにしても、救済の森の回復薬を飲んだのならもう少し回復してもいいはずなのだが。

「おじさん、もう一度僕の渡した下級ポーションを飲んでもらっていいですか？　回復薬を飲んで痛みが引かないようであれば固定しましょう」

「そうなのか？　まぁ言う通りにしてみるか」

おじさんはかなり怪しみながらちょびちょび飲み、そして一気に飲み干した。

「なんだこれ？　こないだの回復薬より美味いし濃い気がするな。あれ？　足が痛くないぞ。これは上級回復薬なのか？」

おじさんは狐につままれたような顔をしながらビックリしていた。

「安心してください。下級回復薬ですよ」

どうやら僕の回復薬で効果があったようだ。

救済の森の回復薬が効かなかったことがちょっと心配になるが……。

「すごいな。一瞬で痛みがなくなるなんて。よし宿代だけでなくと料理代もタダでいいよ！　しばらく店はできないと思っていたからな。二階の部屋も好きに使ってくれ」

「ではお言葉に甘えて、三日分だけ泊まらせてもらいますね」

普通に下級回復薬を買ったらこの辺りの宿だと一ヶ月分以上は持っていかれてしまう。

「三日と言わずに好きなだけいていいからな」

「お兄ちゃん、お部屋に案内するね」

「ありがとう」

レイナに案内され二階の部屋へ行く。

僕の頭の中には街でやったドブ掃除の記憶が一気に蘇ってきていた。

レイナが開けた部屋は……埃とカビと異臭のする汚部屋だった。

「ここだよ」

「あっ……お兄ちゃん。ここじゃない、間違ったみたい」

「そうだよね。さすがにここはね」

レイナの顔がひきつっている。

レイナは気を取り直して横の扉へ移動する。

「こっちがお部屋です」

レイナがすました顔で部屋の扉を開けると、そこは先ほどの部屋よりも汚かった。

しばらく誰も泊まった気配がない。

僕たちのまわりに微妙な空気が流れる。

黙ったまま部屋を閉めるレイナ。

「お兄ちゃんちょっと待ってて。お父さんに聞いてくる」

レイナはそう言うと急いで一階へ降りていった。

「パックどうする？　お金はあるんだし別の宿でもいいよ」

「うーん、そうだね。別の宿でもいいけど、今からご飯が美味しい新しい宿を探すのはさすがに面倒だから、この部屋を僕が掃除するよ」

僕のクリーン魔法はドブ川でもキレイになるくらいなので、カビや埃、異臭もすべてなかったことにすることができる。

「パックがそう言うならいいけど……」

「ドラとリリもここでちょっと待ってて」

僕は一人で部屋に入りクリーンの魔法をかけると部屋は見違えるほどキレイになった。

ついでに隣の部屋もキレイにしておく。

隣から変な虫とか入ってこられても嫌だからね。

僕が部屋の掃除が終わるとちょうどレイナが戻ってきた。

「お兄ちゃん、手前の部屋なんだけどお父さん最近休業してたから、掃除してなかったんだって。今すぐ掃除するからちょっと待って……って何これ！　ピカピカになってる！　お父さん大変だよ！　部屋が新品になってるよ！」

レイナが大きな声で騒ぐと、下からおじさんがやってきた。

「レイナお客様の前で騒ぐなっていつも言ってるだろ。お前は母さんに似て静かにしていれば可愛いんだから……なんだこれーーー!!」

「お父さんの声が一番うるさい！」

仲のいい親子のようだ。

「これはすごい。今までたまに冒険者さんから色々な魔法を見せてもらったけど、こんなにすごいのは初めてだ。相当名のある冒険者の方なんですね」

「いえいえ、僕たちは駆け出しのE級冒険者ですよ」

「そんな謙遜をして」

何を言っても信じてくれなさそうだったので、冒険者カードを見せる。

そこには大きな文字でEと書かれている。

「クリーンの魔法は練習をすれば誰でも覚えることができますよ。僕もかなり練習というか実戦で使っていくうちに範囲も広がっていきましたので」

「ねぇお兄ちゃん私にもそのクリーンって魔法覚えられる？」

「練習すれば覚えられると思うよ。そんなに難しい魔法じゃないからね」

「お兄ちゃん、暇な時に私にその魔法教えてくれない？」

「コラ、お客様にそんなこと言うもんじゃないぞ。どうぞ気になさらないでください」

怒られたレイナは少し落ち込んでいるような表情になり謝ってきた。

「お兄ちゃんごめんなさい」

リリが僕の脇腹をつついてくる。僕とリリは目と目で会話をし頷き合う。

「空いた時間だったらいいですよ。ただ魔法の素質にもよりますが、僕が側にいる間に覚えられるかどうかは別ですのでそれだけはご了承頂ければと思います」

「いいの？　ねぇお父さん！　お兄ちゃんがいいって言ってるよ」

「はぁ、本当に申し訳ありません。疲れていたり、無理な時には断って頂いて構いませんので」

「いいですよ。門外不出の魔法ってわけじゃないですし、ただの生活魔法ですから」

「ありがとうございます」

『ぐぎゅるるる』

話が一段落したところでドラのお腹から盛大な音が聞こえてくる。

「パック、お腹空いた」

「おっとこれは失礼しました。すぐに準備します。お部屋は何部屋使って頂いても大丈夫ですので！」

おじさんは急いで一階へ降りていく。

「ドラ、ちょっと待っててね」

料理ができるまで、まだ少し時間がある。

「それじゃあ今少しクリーンの練習する？　慣れると料理しながら、掃除して……とかできるようになるから、料理の後片付けとかもかなり効率良くなるよ」

「うん。よろしくお願いします」

それから僕たちはレイナにクリーンの魔法を教えた。

途中でドラが火の吐き方を覚えると料理の時に便利だぞって言い出し、さすがにそれはどうなのかと思っていたが、目を輝かせて聞いていた。

魔法を覚える時はスクロールと呼ばれる巻物で覚えるか、術者と魔力を同期して覚える方法がある。スクロールは誰もが同じように覚えられるが、出回っているスクロールは生活魔法がほとんどなので簡単な魔法しか覚えることはできない。

術者との同期は高等な術も覚えられるが、その分教えてくれる術者の癖によってかなり左右されてしまう。

例えば剣を覚える時に騎士団長から教わるのと、近所のおじさんから教わるのでは差が出てしまうのと同じようなものだ。

僕も師匠から魔法を教わったが師匠は田舎のおばあちゃん師匠だったので、少し田舎臭い魔法になっているかもしれない。

レイナはなかなか呑み込みが早かった。

さすがにすぐに使えるわけではなかったが、なんとなく感覚を掴んだそうだ。

ドラが少しだけ火を吹く魔法も同期しながら見せていたが、こちらはなかなか難しいようだ。

さすがに火を吹くのはクリーンの魔法とはわけが違う。

「ごはんできましたよー」

一階のおじさんから声がかかったので降りていくと、そこには宿屋の食事とは思えないほど沢山の料理が並べられていた。

「普段はこんなに料理の品数は多くないんだけど、レイナに魔法を教えてもらったり、足を回復してもらったりしたからな。結構多めに作りましたのでしっかり食べてください」

テーブルにはホロロ牛のステーキに、ビル鳥の照り焼き、パチパチ草のサラダ、それ以外にもフルーツの盛り合わせなど沢山の料理が並んでいた。

「すごいなパック！　初めて見る料理が沢山だ。パックについてきて良かった」

ドラは目を輝かせながら料理に飛びついた。小さい身体とは思えないほどすごい勢いで食べていく。

「ちょっと！　パック、急がないとドラに全部食べられるわよ！」

リリも慌てて料理に手を伸ばし、僕たちは慌ただしく食事を始めた。

料理はどれも美味しく満足いくものでお腹いっぱいになるまで食べた。

ドラに至ってはお腹がポッコリと膨らむくらい、しっかり食べている。

「パックの料理も美味しかったけど、プロの料理人の料理もやっぱり美味いんだな」

食事の後、ドラが落ち着くのを待ってから僕たちは墓地の方へ散歩に行ってみることにした。

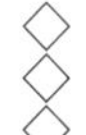

ラリッサの街の墓地は救済の森が管理をしていて、観光名所としても有名になっている。

亡くなった後はラリッサの街の墓地がいいと言って人口が増えたなんて噂もあったくらいだ。

だから僕たちはすごく期待をしてやってきた。

だけど、目の前に広がっていたのは手入れのされていない荒れた墓地だった。

魔力の淀みができているところもあり、そのうちスケルトンやアンデッドなどが発生しそうな空気になっている。

「ここがあの有名なラリッサの庭園墓地？　ただの広くて汚いお墓にしか見えないんだけど」

「前はすごく綺麗でデートスポットって呼ばれていたけど、救護院のトップが変わってから庭園の剪定とかにお金を出さなくなってしまったみたいだよ」

僕たちが庭園墓地へ行くと言うとレイナがガイド役をすると言ってくれた。

店の方は、お父さんの足が治ったので任せておいて大丈夫とのことだった。

「なんか残念ね。せっかくなら綺麗な庭園の時に来たかったけど」

「ラリッサの救護院は今大変みたいなの。この前も盗賊に色々盗まれたみたいでお金がないみたい。回復薬も値段が上がってしまったらしいよ」

確か商人のライアンも凄腕の盗賊が出ているなんて話をしていた。

マジックボックスを持っている僕としては盗まれる心配はないが、気を付けないといけない。

「パックどうする？　せっかく来たし少し散歩でもする？」

「いや、もはやただの荒地になってるからね。救護院へ行って話でも聞いてこ……あれってゴーストじゃない？」

「キャー、ゴーストはダメ！　剣で斬れないものは私苦手なの」

リリが珍しく怖がりドラはそれを見てニヤリと笑った。

そこにはフワフワと浮かびながら飛んでいるゴーストの姿があった。

ゴーストは特に危険な魔物ではない。

ゴースト単体では問題を起こしたりはしないが、ただゴーストが出るとゾンビやレイスなどが生まれる前兆になっていると言われている。

ゾンビやレイスは人を襲い、さらに危険なヴァンパイアを呼び寄せることになる。

ヴァンパイアは自分のしもべにするためにゾンビを捕まえにやってくるのだが、必ずと言っていいほど街の人にも被害が出るのだ。

救済の森はヴァンパイアと長年敵対をしてきており、出会ったら即座に処分をするようにと言われていた。

ただ、夜の間のヴァンパイアは危険で非常に強く、頭の回転が速い。

そのため夜に発見しても戦うことは避け、後をつけて朝になってから戦うのがセオリーになっている。

「ゴーストが出ていることを救護院へ知らせないとまずいね」

「私はここから離れられるならなんでもいいわ。早く行きましょ」

「お姉ちゃん、ゴーストが来たら私が守ってあげるから安心して」

レイナは腕まくりをしてリリの前に出る。

「ありがとう。でも倒さなくていいから早く行きましょ」

「無敵のリリでも苦手なものがあったんだな。僕には苦手なものなんてないから、これからは何かあったらこの弱みで……」

急に木の上に止まっていた鳥がバタバタと飛び立つ。

「ドラ……許される冗談と許されない冗談があるからね。もしゴーストを連れてきたりしたら、ドラがゴーストになるわよ」

リリの殺気によって近くにいたゴーストたちは霧となって消えていく。

「ヒィッ！　もちろん冗談だよ」

ゴーストよりリリの方が怖いとは決して言うことはできない。

ドラは怒ったリリが苦手なようだ。余計なこと言わなければいいのに。

ドラは僕の頭の後ろに隠れるように逃げてくる。

「お姉ちゃんたち楽しそうでいいなー」

レイナだけはにこやかに僕たちのやり取りを見ていた。

「それじゃあ救護院へ行こうか。リリ、ここの支部には知り合いとかいたりする？」

「あっ……いないこともないんだけど、ちょっと会いたくない相手なんだよね」

「無理なら宿に戻っててもいいよ」

「いや、パックが守ってくれるなら行くよ」

「もちろん。僕より強いリリを守れるかは別だけど、気持ちはいつも守るつもりだよ」

「ありがとう。なら大丈夫。まぁ休みの可能性もあるし、この状況を伝えるだけなら知り合いじゃなくてもいいでしょ」

「そうだね。それじゃ行こうか」

救護院は庭園墓地からそれほど離れてはいなかった。

救護院へ着くとリリの期待とは裏腹に、すぐにその男と遭遇することになった。

リリを見るなり男はいきなり膝をつき、

「どこの天使がこの街に舞い降りたのかと思ってしまいましたが、ついに俺の子を産んで頂ける決心をされたということですね」

そう言い放った瞬間、リリが顔面を蹴り上げ、ドラが炎を吐いて丸焼きにした。

いつの間にそんな連携を練習したんだろう。

色々考えなければいけないことがあるが、現実から逃避したくなった。

「なるほど。口から炎を吐くのはこういう時に使うのか」

レイナの声がやけに救護院の前の広場に響いていた。

どうするんだよ。これ問題になる感じしかない。

「パック、守ってくれるって言ったのに！　ひどいわ！」

「いや、守る間もなく即行で顔面蹴り上げていたでしょ。ドラともいつの間にか連携取れてるし」

「テヘッ」

リリがあざとく可愛く見せようとするがもうすべてが遅い。

とりあえず倒れた男に回復薬でもかけておけばいいか。

僕は手のひらから回復薬を出しドバドバッとその男にかけてやる。

「これが燃えるような恋ってやつなんですね」

男はむくりと起き上がると、何事もなかったかのようにリリの前に再度跪く。

リリは躊躇せずに再び蹴りに行こうとしたので、慌てて押さえる。

止めなければこの茶番をあと何回繰り返すかわからない。

「だって、こんな感じでずっと気持ち悪くて。しかも異様に打たれ強いし」

「リリ、ダメだよ」

「もう焼かなくていいのか？」

「ドラ頼む、揉め事を大きくするのはやめてくれ」

ドラは首をかしげているが、相手にするのは後だ。

「大丈夫か？」

「これはこれはご丁寧に。救済の森千人長ノーマンと言います。リリさんのご兄弟の方でしょうか？」

「いや、リリとは幼馴染で一緒に冒険者をすることになったんだ」

「はぁ？　リリさん救済の森を辞めたんですか？　リリさんのいない救済の森なんて回復できなくなった聖女みたいなものじゃないですか。なんでまた？　もしかして……なるほど！　脅されているんですね！　それで俺のところに助けを求めに来たってことですか。わかりました。さあお前、リリさんをかけて俺と尋常に勝負だ！」

この人、話を最後まで聞けないタイプの人のようだ。

よくこの人が千人長まで上がることができたな。

「違うのよノーマン。めんどくさいから少し黙っててね。紹介するわ。こちらが私の幼馴染で彼氏のパックよ。こちらがノーマンよ。ノーマンとはただ、合同の訓練で会ったことがあるだけだから気にしないでね。冗談がとても好きなの。さっきのもほんのあいさつ程度のものだから」

「お姉ちゃんくらいになると顔を蹴り上げるのはあいさつなのか。勉強になるなー」

なぜかレイナが感心していたが、将来が大変なことになるからリリを見本に大人の女性の基本を学ばないでもらいたい。

さらっと彼氏と言われてしまったが、ここで否定して面倒なことになるのは嫌なので流しておく。大人の対応はとても大事だ。

「嘘だ！　嘘だ！　嘘だ！　リリさんの彼氏だなんて！　わかった。リリさんが認めても俺はまだ認めてないからな。リリさんの横に立つには最低限俺くらいの強さが必要なんだ。リリさんとの交際を認めて欲しいなら俺と勝負をしろ！」

おぅぅ。まさか黙っていたのに面倒なことに巻き込まれそうだ。

なかなか世の中思い通りにはいかないものだ。

これは、相手のペースに乗ったら話が進まなくなるやつだな。

「リリのことはひとまず置いておいて、庭園墓地へ行ってきたんだけど、あそこにゴーストがいたぞ。あそこの管轄は救済の森だって聞いていたが大丈夫なのか？」

「あぁあれか……説明してやるから後で勝負しろよ！　ただこれは外では話せないことだから中に

入れ。リリさんには美味しい紅茶がありますのでどうぞ。お前は水な」

「あぁ、ありがとう」

勝負はするらしいが、説明はしてくれるらしい。

意外といい奴なのかもしれない。

僕がお礼を言うとノーマンはとても驚いた顔をしている。

「嫌味にお礼が言えるとは意外と心の広そうないい奴だけど、勝負はするからな」

一人で忙しい奴だ。

ノーマンに案内されて救護院の中に入ると、正面には大きなステンドグラスが飾られていた。

慈愛の女神が色とりどりのガラスで表現されている。

それにしても……人がやけに少ない。

ここの救護院もかなり大きな方だ。

これだけの救護院ならもっと人がいてもいいはずなのだが。

救護院の奥にある客室へ案内され、ノーマンがお茶を持ってくる。

「今、人手が足りなくてな。それで庭園墓地のことか？」

「あぁ、なんであそこはあんな荒地みたいになっているんだ。行ってみたらゴーストが浮遊していたぞ。このまま放置してアンデッドが発生したら救済の森の責任になるんじゃないのか」

「あぁ、なるだろうな」

「まさかわかってて放置してるの！」

リリが語気を強め、テーブルをバンッと叩くが、ノーマンが両手を上げ降参のポーズを取る。

「リリ、まずは話を聞いてあげよう」

リリをなだめるが、リリの眼光が鋭くなっている。

「さっき、俺は千人長って見栄を張って言ったが、今この救護院には実際千人も人はいないんだ。救護院は街の防衛力という面もあったんだが経営難でな。多くがクビになった。前のトップがいきなり姿を消したんで最近トップが変わったんだが、前に運営していた奴が経営能力がなくて借金だらけなんだとよ。新しいトップが財政を見たらもうビックリ。借金に借金を重ねてもうどうにもならないらしい」

「街で庭園の剪定にお金を出さなくなったって聞いたが、出さないんじゃなくて出せないってことなのか？」

「あぁ残念ながらな。救護院としての機能をなんとか保とうとして、救護院の中の金目の物を集めてたら、盗賊に入られ全部持っていかれたりしてな。人がいなくなって警備も手薄になっていたからな、そこを狙われたんだろ。しかも、回復薬を前のトップが薄めて売ってたなんていう不正まで発覚したからな。回復薬の在庫も処分することになってしまって。そんで、先日ついにとどめの通知が救済の森本部から届いたんだ」

「とどめの通知？」

「あぁ、ここの回復薬はモンセラットの街で作った回復薬を回してもらっていたんだが、理由も言わず今までの十倍じゃないと卸さないって一方的に通知してきやがったんだよ」

「十倍になんてしたら、金持ちしか買えなくなってしまうじゃないか」

「そうだよ。だから、今トップがモンセラットの街へ直接交渉に行っているが、多分無駄だろうな。ここの運営は寄付や回復薬を売ったお金で回っていたからな。回復薬を作れる奴は何人かいるが、それでもモンセラットからの供給がなくなったら、ノエル村のように救済の森から離脱するしかない。俺もリリさんがいないなら本当に辞めるのも選択肢に入ってくるよ」

僕のわからないところで救済の森は大変なことになっていた。

だけど、お金がないからと言って墓地を放置しておいたら今度はさらに大きな問題になる。

仕方がない。

ここは僕たちがひと肌脱いでやるしかない。

まずは早急に対処をしなければいけないものに、庭園墓地の整備がある。

ゴーストが出てくるようになると、次にはゾンビやレイス、最悪リッチなどまで出てきてしまう。

だいたいはそこまで行く前にヴァンパイアが出てきて、ゾンビたちを下僕にしてどこかへ消えていってくれるが、ヴァンパイアが出てくると必ず街から人が消えると言われている。

ヴァンパイアが出てくる前に浄化しないといけない。

「ノーマン、それで僕と勝負をしたかったんだよね？」

「あぁ。リリをかけて勝負だ」

「残念だけど、リリはかけられないよ。選ぶ権利はリリにあるからね。だからこうしないか。リリに選択権を与えるっていうのは？」

「ほぉ、いい度胸じゃないか。負けない自信があるようだけど、俺だって負けるつもりはないぜ。リリ、君のハートは絶対に俺が貰う。それじゃあ表に出ろ。すぐに決着をつけてやる」

ノーマンは剣を持ち、早速外に出ようとするが、僕はそれを止める。

「ノーマン、まさかと思うが自分が得意な剣で勝負とかそんなわけないよな？　そんなんで勝ってもリリは納得しないと思うんだよな。やっぱりここは平等に勝負できるものがいいと思うんだけどどうだ？」

「いいだろう。そこまで言うなら勝負の仕方はお前に任せてやる。どんな勝負だろうと俺は負けないからな」

「それじゃ、勝負は墓地の整備勝負としようか。墓地をどれだけキレイにできたかで決着はリリに決めてもらおう」

僕たちは元々救済の森のメンバーではあるが、今は部外者だ。

いくら庭園墓地の整備をした方がいいと言われても勝手に掃除するわけにはいかない。

それに、もし掃除するにしても人手は多い方がいい。

「ふっ俺は何をやっても天才だからな。絶対に負けないぞ」

「よし、じゃあ冒険者ギルドに行って最低価格の一ピトで依頼を出してくれ。後で勝手にキレイに掃除したとか文句を言われても困るからな」

「わかった。それじゃあ今から行ってすぐに勝負だ」

僕たちは冒険者ギルドへ寄ってから庭園墓地へ行く。


庭園墓地には先ほどよりも多くのゴーストたちが浮遊していた。

魔力溜まりができ確実に悪化している。

やっぱり早めに手を打つ必要がある。このままだとゾンビなどが出てきてしまう。

「ノーマン、これからやるのは草を刈って集めて燃やすまでな。それが全部燃やし終わったら、今度は墓石をキレイにするから。それが終わったら依頼終了だ」

「いいだろう。ところで、なんでお前が仕切っているんだ……」

ノーマンが話している途中でリリが開始の合図をかける。

「それじゃあみんな勝負開始よ！」

「おぉー！」

ノーマンとリリが草を刈り僕とレイナがそれを集めていく。

レイナにはボランティアで掃除をするだけだから家に帰りなと伝えたが、クリーンの魔法の練習をしたいからついていくと言われてしまった。

別に無理には断る理由もないのでできる範囲で手伝ってもらう。

ちなみに集めた草は全部ドラが灰にしてくれる。

思った通り、リリ一人で草を刈るよりも、ノーマンがいた方が草刈りが早く進んだ。

「どうだ！　パック！　俺の剣さばきはすごいだろ」

「本当だな。リリ一人だとこんなに早く進まなかったよ」

「この勝負は俺の勝ちだろ？」

「さぁそれは終わってからじゃないとわからないな」

それからしばらく庭園の草刈りと片付けをしていると、品のあるおばあちゃんから声をかけられる。

「墓地の草刈りですか？」

「えぇ、墓地からアンデッドが生まれてくると大変なので」

「そうなの。すごいわ。救済の森の方ですか？」

「あそこで草を刈っているノーマンはそうですが、他はボランティアです」

「あら、ボランティアも掃除していいんですね！　今まで救済の森の方にばかりお任せしていたので手を出しちゃいけないのかと思っていたのよ。それなら私も手伝っていいかしら？」

「もちろんいいですよ」

「じゃあちょっと待ってて。他にもここをキレイにしたいって人いたから呼んでくるわね」

街の人も墓地の状況は気になっていたが、救済の森が管理をしているからと手を出すのを躊躇していたようだ。

僕たちが墓地の半分をキレイにすると、街の人たちが続々と集まってきて掃除を手伝ってくれる。

「やっぱりここの庭園が荒れているとね。なんか寂しいのよ」

「今まで救済の森で管理してくれていたけど、急に荒れ出したから心配してたんだよ」

「ここはみんなの墓地でもあるからね」

住民たちは楽しそうにしながら、掃除を手伝ってくれた。

どんどんキレイになっていく庭園墓地が嬉しいようだ。

住民たちのおかげで、僕が想定していた時間よりも圧倒的に早くキレイにすることができた。後はクリーンの魔法で墓石の汚れを落とすだけだ。

ついでにレイナへの実技訓練をする。

「レイナ、こっちへおいで」

「はーい！　お兄ちゃん」

「今からここの墓地にクリーンの魔法をかけて、アンデッドが出てこないようにするから、さあ、手を出してみて。一緒に訓練をするよ」

「うん！」

レイナの手を持ち、クリーンの魔法をかける。

少し広いため時間がかかってしまうが、レイナに負担がかかり過ぎないように調整をしながら墓石をキレイにし、墓地の魔力の乱れも正常にしていく。

「すごいな。墓石が新品のようになっている」

「淀んでいた空気が一瞬でキレイになっていくね」

「こんな魔法初めて見たわ」

みんなが大げさに言ってくれるがそんなことはない。

ただの生活魔法だ。

「お兄ちゃんってすごい魔法使いだったんだね」

「そんなことないよ。誰だってこれくらいはできるんだよ。みんな秘密にしてるけどね」

レイナはどこか嬉しそうで得意げだった。

「ノーマン、救護院にはあまっている回復薬の瓶ってあるのか？」

「あぁ、大量の在庫があるぞ」

「それ少し買い取っていいか」

「いいぞ。財政難だから瓶だけでも二割り増しだけどな」

「わかった。二十本ほど取ってこれるか？　墓石をキレイにするのに、もう少しかかるからな」

「いいだろう」

ノーマンに取りに行ってもらっている間にレイナへさらに細かく魔力の流れを意識してもらう。

レイナはかなり繊細に流れを掴めてきている。

これならすぐにでもクリーンの魔法を覚えられそうだ。

「レイナ、クリーンの魔法は消費魔力は少ないからいいけど、魔法を使う時には常に魔力の残量には気を付けるんだよ」

「うん。今は私の身体の中にお兄ちゃんの魔力が流れているけど、私の中にもそれがあるのがわかるようになったよ。まだなんとなくだけどね。これが魔力なんだね」

「そうだよ。レイナには魔法の才能があるみたいだね」

僕とレイナがクリーンの魔法で最後の仕上げをしていると、さっきの品の良いおばあちゃんが僕の元へやってくる。

「ボランティアのお兄さん、あなたって冒険者の方？　もし良ければなんだけど私からの掃除依頼も受けていただけるかしら」

「いいですよ。僕の名前はパックって言います。冒険者ギルドに登録してますので、そちらから依頼を出してもらえればと思います」

「ありがとうございます。私の名前ブレナって言います。今日中には依頼を出させてもらいますね」

「わかりました。後で確認しに行きますね」

そこへノーマンが戻ってくる。

「ほら、空き瓶持ってきてやったぞ」

ノーマンの手には空き瓶がしっかり二十本持たれていた。

「ありがとう。料金はこれでいいか？」

「はいよ」

僕はノーマンに十分なお金を渡し、回復薬の瓶を受け取るとそこへ回復薬を入れる。

「手伝ってくれたみなさん、ありがとうございました。本当は自分たちだけでやるつもりだったんですが、住民のみなさんのおかげで早く終わりました。これは参加してくださったお礼です。下級の回復薬ですが使ってください」

「おぉ！　回復薬を貰えるのか」

「いや、でも回復薬ほど働いてはいないし。後が怖いんじゃ」

「パックさんこれはさすがに貰えませんよ」

「これは救済の森とは無関係の僕からのお礼ですから気にならさないでください。もし貰い過ぎだと思う方は今後も掃除を手伝ってもらえればと思います。僕たちは旅の冒険者ですので定期的には掃除に来れません。でも、この墓地がまた荒地になってしまうとアンデッドが出てきてしまう可能性があります。今後は住民の方々も一緒に掃除してもらえればありがたいです。この美しい庭園墓地をまた次に訪れた時にも見られればと思っていますので。何かあればここにいる救済の森の千人長のノーマンが相談に乗りますので今後ともよろしくお願いします」

　さらっと責任はノーマンになすりつけておく。

　ノーマンは胸を張ってドヤ顔をしているので、人の前に立つのは嫌いではないらしい。

「本当にいいのか？　こんな高価な物」

「いいですよ。ただ、誤解を受けると困ってしまうので救済の森から貰ったとか、無料で貰ったとかは言いふらさないようにしてくださいね。それとももし次の掃除があっても次からは回復薬は支給されませんので」

「もちろんです」

「ありがとうございます」

それから回復薬を配って解散するとノーマンが僕のところへ来て言った。

「それで、これはどっちが勝ったんだ？」

そういえば、ここをキレイにすることばかりを考えていて、決着の方法をどうするか考えていなかった。どっちでもいいとも言えないし。

僕が少し焦っていると僕の横でリリとドラがニコニコとしているのがわかる。

こいつら僕が困ってるの楽しんでいるな。

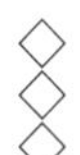

「草を刈ったのが俺とリリで、草を集めたのがパックだと正確な勝負にはならないと思うんだが」

ノーマンは最初に気が付かなかったので、そのまま押し切れるかと思ったがやっぱりダメだったらしい。僕はとっさにリリに振る。

「リリどっちが勝利？」

「うーんじゃあ引き分けってことで。庭園もキレイになったし、見る限りゴーストも消えたからね。これでしばらくは大丈夫でしょ」

うん。妥当な回答だ。

ここで変に勝敗をつけてしまうとイチャモンをつけられかねない。

だが、ノーマンは意外としつこかった。

「引き分けか。まぁ仕方がないだろう。それで次は何で勝負をするんだ？」

「次の勝負か。付き合ってやりたいのはやまやまなんだけど、先ほどご婦人から冒険者としての依頼があると言われてしまったからな。勝負より仕事を優先しなければいけない」

これ以上ノーマンの相手をしているとめんどくさいことになりそうなので、この辺りで終わりにした方がいいだろう。

「仕事も大事だが、それよりもリリを救出する方が俺にとっては大切だ。リリ、さぁどっちがいいのか選べ！」

ノーマンのこの自信はどこから来るのか不思議だが、ある意味うらやましい。

「もちろんパックよ」

リリはあっさりと僕を選ぶ。

「ごめんね、ノーマン。あなたのような人嫌いじゃないけど、生理的に受け付けないの。草刈り手伝ってくれて助かったわ。また試合をしましょうね」

「そんなはずない。お前、さては何かリリの弱みを握っているんだな。そうだな。やっぱり俺と勝負だ。卑怯だと言われようとなんだろうと剣で決着をつけてやる」

ノーマンが剣を抜き上段に構える。

まさかここで勝負をすることになるとは思わなかったが、ノーマンはもうやめる気はないようだ。

「悪いけど、僕は剣は得意じゃないから魔法も使わせてもらうよ。それでルールはどうする？」

「どちらかが負けを認めるか、動けなくなったらだ」

「わかった。その代わりこれが終わったら、もうリリにつきまとうなよ」

「そういうのは俺に勝ってから言え」

僕も剣を抜き構える。

普段リリとしか剣での打ち合いはしていないため、手に汗がにじんでくる。

緊張で呼吸が速くなるが、まだ打ち込んですらいない段階で熱くなってはいけない。

冷静に落ち着いて呼吸を整え、ノーマンの呼吸を読む。

大きく吸って……吐いて……来る！　そう感じた瞬間ノーマンが動く。

細かく剣先が動きフェイントも織り交ぜられた激しい剣だ。

一見雑なように見えなくもないが、その中でも隙がまったくない。

きっと剣を何万回、何十万回と振ってきたのだろう。

努力をした者の剣だ。

「なかなかいい動きをするじゃないか。さすが剣星リリの幼馴染ってところか」

「ノーマンも動きに無駄がないね。場数が僕とは全然違うのがわかるよ」

「ふん。当たり前だ。お前と一緒にするな。俺はリリの横に立つために剣の道を極めてきたんだ」

ノーマンの攻撃は鋭く、僕は一度ノーマンから距離を取る。

剣の打ち合いでの接近戦はやはり分が悪い。

どうしても、守りばかりになってしまう。

悪いが僕は魔法を使わせてもらう。

「さて、俺はなぶり殺しは好きじゃないんでな。そろそろ終わりにしよう。俺の救出を待っているリリをこれ以上待たせるわけにはいかないからな」

「僕もそろそろ終わらせようと思ってたんだ」

ノーマンの動きから逃げるようにして生糸を地面に仕掛けていく。

この勝負は負けを認めるか、動きを封じれば終わりだ。

「これで終わりだ！　リリは俺が貰い受ける」

ノーマンは僕が逃げる先を読んでフェイントを織り交ぜながら、剣を振り下ろした。

軌道は僕の肩に一直線だ。だが、僕の方の仕掛けもほぼ同時に終わった。

「何度も言ってるだろ。リリは物じゃないから、かける賞品になんてできないって」

生糸の魔法を発動し、それを一気に引っ張る。

ノーマンの剣は僕の肩に落ちる寸前でその軌道を変える。

ノーマンの身体が一瞬宙に浮き、体勢を入れ替えようとするがもう遅い。ノーマンは剣を構えたまま、生糸でがんじがらめになって身動きさえ取れなくなっていた。

「まさか、俺の方が圧倒的に有利だと思っていたのに、こんな状況になるなんてな」

僕はノーマンに剣を向けいつでもとどめをさせる位置にいた。

「勝負は時の運だよ」

ノーマンは頭を下げ負けを認めるしかなかった。

剣を鞘にしまい手を出し起こしてやる。

「さすがリリの幼馴染だな。魔法を使ったとはいえ俺に勝つとはな」

「同じ手は二度使えないから、もうノーマンとはやりたくないかな。でも、これで僕の本気が少しでも伝わってくれるとありがたい」

「君の苦手な剣で負かされてしまった以上、俺は何も言えないよ。今までの無礼を詫びよう。悪かった」

「いいよ。元は救済の森の同じ仲間だ。僕の方も謝罪を受け入れるよ」

「それにしても、回復メインなのかと思ったら剣も使えるんだな」

「小さい時からずっとリリと一緒に剣を振ってきたからね。リリに鍛えてもらったんだよ」

「さすが剣星の幼馴染か」

ノーマンはどこかすっきりとした顔をしている。


「さて、それじゃあ僕たちは新しい依頼と墓地の報告をしてくるよ」

「あぁわかった。何かあればいつでも救護院へ来てくれ。君の恋の応援以外なら力になろう。リリ、もし、その男に愛想を尽かした時にはいつでも来てくれ」

ノーマンはそう言って救護院へ戻っていった。リリは無言で手を振ってそれに応えている。

なんとかリリを諦めてくれたようで良かった。

「いやーパック、胸がキュンとなる戦いだったね。やっぱりあそこでは、私を取り合って勝負なんてやめてってヒロイン風に飛び出した方が良かったかしら？」

「いやリリ、それならパックとノーマンとの決闘に混ざってリリが勝利するっていう方がいいな。本気を出せばリリが一番強いんだろ？」

「どうかな？　そこは乙女の秘密ってことで」

いつも通り、ドラとリリがふざけている。

「そろそろ行くよ。さすがに次の依頼はレイナは連れていけないから一度宿屋に寄らなきゃいけないし」

「パックお兄ちゃんはなんでもできるんだね。カッコイイなー」

「レイナ、パックは私のものだからね」

「うん。私もお兄ちゃんみたいな素敵な人を彼氏にする」

リリはレイナを優しく抱きしめてそのまま肩車する。

僕たちはレイナを宿まで送り届け、次の依頼へ向かうことにした。

まずは冒険者ギルドへ寄って報告と依頼を受けてこなくちゃ。

◇◇◇

僕たちが冒険者ギルドに行くと、ギルド内の冒険者たちから視線を感じる。

きっとリリが可愛いから注目を集めているのだろう。

もちろんリリに言うと調子に乗るから言わないけど。

「パックさん、庭園墓地の依頼の方お疲れ様でした。先ほど、ブレナ様より指名依頼を受け付けたんですが、失礼ですがブレナ様とはどのような関係でしょうか？」

「えっ？　関係と言われても墓地を掃除してたら声をかけられただけですよ。私の依頼を受けて欲しいって」

「そうですか」

ギルドの受付のお姉さんは一瞬悩むような表情を見せる。

もしかして、ブレナさんはギルドで依頼を受けてはいけないブラックリストの人とかなのだろうか。あんな上品な方が？

「もしかして、何かまずい依頼でしたか？　一応ギルドを通してもらおうと思ったんですが」

「いえ……そういうわけではないんですが」

どうも歯切れが悪い。

「何か問題があるようであれば引き受ける前に言って頂けるとありがたいんですが」

「えっと……そうですね。あまりこういうのは良くないんですが、ブレナ様はこの街の領主の奥様だっていうのはご存知でしたか？」

「えっ、なんですかそれ？」

領主の奥様!?

そんなの知っているわけない。

ただちょっと知り合っただけの、上品なおばあちゃんだと思っていたのだから。

「そうですよね。パックさんたちってこの街に来たばかりですよね？　はぁ。ギルドとしても領主と揉めることを良しとはしません。なので今まで依頼が何かあれば、この街でもトップのA級冒険者を手配して行ってもらっていました。でも、今回E級のパックさんたちが指名をされたので、ギルドとしても非常に悩んでいるんです。パックさんたちの人柄はすごくいいのは感じるんですが、冒険者としての実績が何もないものですから」

僕たちはまだ駆け出しの冒険者だ。

まともに依頼をこなしたのも今回が初めてのようなものだ。

前の時にはドラが出たせいで、報告までしていない。

町長さんが代わりに報告してくれていてもカードがない以上終わりとはなっていないはずだ。

「それでどうしたらいいでしょうか？　今から断った方が良ければ断ってきますけど」

「それができればギルドとしても安心なんですけどね。ギルドマスターに聞いてきますのでちょっとお待ち頂けますか？　それほどお時間は取らせませんので」

受付のお姉さんはそのまま裏の事務室のような場所へ消えていった。

「リリどうする？」

「えっ？　普通に受ければいいんじゃない？　別にただの掃除なんだからパックの得意とするところだし。パックのクリーンなら落とせない汚れなんてないんだから」

「いや、そんなことはないだろうけど」

僕とリリが話していると先ほどの受付のお姉さんと銀色の髪の青年が一緒に戻ってくる。その青年は爽やかなイケメンだった。

「ギルドマスターが直接お話をしたいということなので」

「初めまして、このギルドのギルドマスターのソーヤです。よろしく。いくつか話を聞きたいんだけどいいかな？」

「よろしくお願いします。パックです」

それからギルドマスターからここの街へ来た目的や今後も活動する予定なのかを聞かれる。

正直ずっとこの街にいるつもりはない。

できればリリとドラと一緒に旅をしながら世界を見ていけたらいいと思っている。

そのことをソーヤに伝えると、

「それでしたら失礼のないように行ってきてください」

それだけ言われ終わってしまった。

長居しないのであれば、後でなんとでもなるってことだろう。

僕たちは受付のお姉さんに家の場所を聞き早速行ってみると、そこには見たことのない広い家が建っていた。家の前には屈強な門番の男性が二人立っている。

「すみません。ブレナ様から掃除の依頼があり来ました。冒険者のパックと言います」

「パック様、お待ちしておりました。門を入りそのまま真っすぐ入口までお進みの後、玄関にベルがありますので鳴らしていただけますでしょうか」

「わかりました。暑いのに大変ですね。これ良ければ飲んでください」

門番の男性が暑い中立ちっぱなしで警備していたので回復薬を渡してあげる。

「いやいや、こんな高価な物を私たちのような者が主人に内緒で頂けませんよ」

「これ僕のお手製なので気にしないでください。ただの水だと思ってもらっていいので」

断ろうとしたが無理に渡す。

玄関まで歩いていくと呼び鈴が置いてあり、その呼び鈴を鳴らすと、すぐにメイド服を着た女性が現れた。服には皺一つなく常に清潔にしているのが窺える。

「冒険者パックです。ブレナ様の依頼でお伺いしました」

「パック様お待ちしておりました。こちらへどうぞ」

家の中には豪華な家具が置かれ金や銀、それに宝石がちりばめられた調度品が飾られている。

こんな家の中に入ったことがないので緊張してしまう。

家の中は埃一つ落ちていない。部屋へ向かう途中でもメイドさんが掃除をしており、今でも十分キレイにされている。

今さら僕が掃除する場所なんてないような気がするのだが。

僕たちはメイドさんに案内されるがまま奥の部屋へとやってきた。

「失礼します。奥様お客様がお見えになりました」

「はぁい。どうぞ」

そこには商人のライアンさんとブレナさんがいた。

「おぉパックさん。こんなところでお会いするとは」

「ライアンさん、お久しぶりです」

「あらお二人はお知り合いですの？　それでしたら話が早いわ。ライアンさんにはある物の回収を。パックさんには、この街にあるもう一つの墓地の清掃をお願いしたいんです」

どうやらこのお屋敷ではないものの普通の掃除の依頼のようだ。

「そこにも先日からゴーストが出てしまっているのでできればその駆除もあわせてお願いできればと思っているんですができますか？」

先日？　魔力の溜まり方にもよるがゴーストが出るようになったら、一ヶ月もしないうちに墓地の中にはゾンビが現れてしまうぞ。

「それってどれくらい前ですか？」

「そうね。半月前にはゴーストがいたって言っていたわね」

「そうですか……」

どうやら簡単な掃除では終わりそうになかった。

僕たちはブレナさんの依頼でもう一つの墓地の方へ向かった。

ライアンさんが馬車に乗せてくれるというのでお言葉に甘え、急いで行くことにする。

あまりゆっくりしていると日が暮れてしまう。

ライアンさんはブレナさんとは古い付き合いで、ちょくちょく雑用をしに家まで行っているとのことだった。その雑用をしているおかげで、領主からの依頼の多くを回してもらっているらしい。

墓地までは馬車に乗ったおかげか、思ったよりも早く着きそうだ。

「もうすぐ着きますからね」

「さすが、馬車は速いですね」

「維持費はかかりますが、あると便利ですよ。ぜひ購入する時には私のところで」

ライアンさんは抜け目なく、さらりと馬車を勧めてきた。

馬車の旅も憧れるが、リリと相談をしてからだな。

僕が馬車を褒めていると、耳元でドラがボソッと、

「俺が飛べばもっと速いよ」

なんて馬車と競っている声が聞こえる。

ドラが空を飛ぶのと比べたら大半の移動手段は遅くなってしまう。

空の旅も気持ちいいだろうな。

どこまでも続く地平線を見ながら、ドラの背中でゆっくりと空の旅。

街の近くに降りなければいいわけだから、それも今度提案してみよう。

その墓地は、庭園墓地とは、街を挟んで反対側にあった。

向こうが比較的新しい墓地だとするなら、こちらはかなり古い物が多い。

墓石も雨や風などで、だいぶ傷んでしまい、中には欠けてしまっている物もあった。


墓地の近くに馬車を止め、そこからは歩いていく。

一番初めに異変に気が付いたのはリリだった。

「パック！　あれを見て」

リリが指さした先にはぽっかりと穴が開いている。

どうやら遅かったようだ。

「パックさんあの穴って、もしかしてアンデッドが出現したってことですかね？」

「今まで来たことがないので、わかりませんが、前から穴が開いてなかったのならその可能性はすごく高いと思います」

近づいて穴の中を覗くと、穴の中は空っぽになっていた。

穴の土はまだ湿っており、それほど時間は経っていないようだ。

僕は回復薬を入れる空き瓶に聖水を入れ、リリとライアンさんに渡す。

「アンデッドには聖水が一番効果的ですので、もし現れたらこれをかけてください。今見える範囲にいないってことは、どこかへ行ってしまったか、土の中に眠っている可能性がありますので注意してください」

「わかりました。ありがとうございます。これはおいくらですか？」

「無料でいいですよ。この依頼に含まれているってことで。そういえばライアンさんの回収する物っていうのはなんですか？」

「私の方は白い花が咲く夕鈴草です。街の外に出なくてもここのお墓には生えているもので。でも、今日はこっちの方が危険かもしれないですけどね。ここだけの話ですが旦那様の体調があまり良くなくて」

夕鈴草はめまいや吐き気を止める薬になる薬草だ。

ただ、それは対症療法にしかならないはずだ。

「それなら、僕の方でも掃除しながら、探してみますから」

「ありがとうございます。それではさっさとやってしまいましょう」

ライアンさんは迷いなく墓地の中に入り、早速草を回収していく。

「パック、あれ見て」

リリが指さす方を見てみると、お墓の間をゴーストたちが飛び回っている。

リリの身体は小刻みに震えていた。

「リリ、大丈夫だよ。僕が必ず守るから。僕の側にいて」

「うん。ありがとう」

リリは僕の服を掴みながらついてくる。

先ほどの墓地ほどには広くないので、手入れをするのにもそれほど時間はかからなさそうだ。

ただ、掃除をしていくうちに、墓石の下に結構穴があるのがわかる。

リリには言わなかったが、この数はかなりまずい。

中にはかなり前に開いたと思われる穴もあった。

リリには草を刈ってもらっているが、どうしても一緒に行動しているため、予想外に時間がかかってしまう。そして、日が傾き始めた頃、どこからか不思議な音色が聞こえてくる。

「リリ、あれなんの音?」

「やだ、パックそんな怖いことを言わないで」

リリには聞こえていないのか?

辺りを見回していると、急に地面がボコボコと膨れ上がり、スケルトン騎士やゾンビが現れた。

「キャッー! ゾンビ無理!」

リリが問答無用で斬りかかり、ゾンビやスケルトン騎士を蹴散らしていく。

こっ……怖いのは怖いけど……。

目に見えるアンデッドたちはすべてリリによって斬り倒されていく。

「パック、結局アンデッドよりもリリが一番強いってことでいいのかな?」

「ドラ、余計なことを言っているとドラも斬られるよ」

「ヒッ!」

ドラは僕の頭の後ろに隠れリリがアンデッドを土に返していくのを見ている。普通の攻撃では生き返ってくることが多いアンデッドが、生き返れないほど粉々にされている。

僕の渡した聖水はまったく使われることはなかった。

聖水よりもリリの剣の方が効果があるなんて。

普通の剣士だったらありえないことだ。知識よりも実際にやってみないとわからないことって沢山あるんだね。


リリがアンデッドたちを倒し終わるころには辺りはすっかり暗くなっていた。

とりあえず草刈りも終わり、アンデッドたちもリリによって退治された。

後は草の処理だが、明日また来てやればいいだろう。これ以上アンデッドが出てくることはないはずだ。


ライアンさんが頼まれた夕鈴草も無事に回収することができた。

僕たちが馬車に戻ろうとすると、墓地の中にうっすらと霧が出てきていた。

夜の墓地で霧なんて相性最悪だ。

「リリ、そろそろ帰るよ」

リリの方を見るとリリがいつの間にか地面に座り込んで眠っている。

「ドラ？」

ドラもリリの頭の上で眠りについている。

「ライアンさん！」

ライアンさんからも返事がない。

なんだこれ。まずいぞ。

この霧が原因なのか？

僕たちはいつの間にか誰かの広範囲魔法の中に入ってしまっているようだった。

それにしても、こんな広い範囲に魔法かけるなんて、相当な腕前だ。

「あらあら、私の霧で眠らないなんて困ったものね」

どこからか声が聞こえる。辺りの様子を窺っていると、気配も感じさせずにいつの間にか僕の側に、赤い大きな翼を持った女性が立っていた。

こいつは……ヴァンパイアだ！

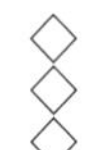

僕はとっさに剣を抜きヴァンパイアに向かって構える。

「あら、嫌だわ。そんなおっかない顔しないでくださいな」

「うるさい。お前らヴァンパイアは街の人を襲うんだろ？　リリは僕が守る！」

「はぁ。もしかして救済の森の関係者かしら？　本当に困っちゃうわ。別に私たちは街の人なんて襲ってないわよ」

ヴァンパイアは両手を挙げ、敵意がないことをアピールしてくる。

だけど、夜はヴァンパイアの時間だ。油断することはできない。

「嘘をつくな。ヴァンパイアが出た街では必ず人が消えるって言われているぞ」

「そりゃそうよ。私たちは普段から街で生活していて、その街にアンデッドたちが出たら街で暴れないように、ヴァンパイアの街まで連れていくんだから」

「はぁ？」

そんな話は一度も聞いたことがなかった。

確かにヴァンパイアが出た後にゾンビたちはいなくなるとは聞いているが、元から街にヴァンパイアが住んでいる？

「まぁ仕方がないわよ。ヴァンパイアと救済の森はずっと対立してきていたからね。そういうデマを流されているのもわかるわ」

「いや、そんなことあるわけない。だってお前らは日の光に弱いはずだろ？　それなら日中生活なんてできるわけないじゃないか。ジメジメした棺桶が特に大好きだって聞いたぞ」

「とんだ偏見ね。日の光に弱いことは否定しないわ。だけど、普通に考えて。そんな弱点をずっと放置しておくわけないでしょ？　日々ヴァンパイアだって進化しているのよ。予防方法くらいあるわよ」

確かにそれはそうだ。

弱点がわかっている状態でそれをそのまま放置しておくなんてことはありえない。

「それで、今回はお前は何しに現れたんだ？」

「何しにって！　あんたたちがしっかり手入れしておかないせいで、アンデッドが発生したから私が連れ出そうとしたのよ。まっ、結果的には連れ出す必要もなく土に返ったみたいだけど」

ヴァンパイアの目の前には骨やゾンビの粉々になった死体がある。

リリが全部退治してくれたからな。

「あぁ。だが、このままお前を逃がすわけにはいかない。もちろん、信じていないわけではないが言い訳は救護院で聞かせてもらおうか」

「それはイヤ。見逃してくれない？」

「見逃せるわけないだろ？」

「そっか。じゃあ仕方がないわね。私逃げるから。あっ、この人たちこのままにしておくと風邪ひくからちゃんと家に連れて帰るのよ」

「お前に心配される必要はない」

僕が追いかけようとするも、一瞬で霧と共に消えてしまった。

出てくる時もそうだが、逃げる時も速い。

辺りにヴァンパイアの気配がないか警戒をしながら探すが、そういった気配はまったくない。逃がしたか。

それよりも、今はリリとライアンさんを助けなければいけない。

それにしても、ドラまで寝かせてしまうとは、かなり強い魔法のようだ。

僕は無茶して回復薬を作り続けたおかげで、睡眠耐性があって良かった。

まずはみんなを起こすか。

「リリ、ドラ、わかるか」

「うっ……うっ……パック……ご飯作って……あと掃除も……洗濯も……」

……リリはどんな夢を見ているんだ。

夢の中でも僕に家事全般やらせるな。

僕は耳元でリリに囁く。

「リリは掃除も料理も洗濯も大好きだから任せるよ。ほら大丈夫。リリならできるよ。頑張って」

何度か耳元で囁いているとリリの表情が曇ってくる。

「掃除……キライ……料理……食べる方が……洗濯も……イヤ……」

僕が耳元で囁いてリリの潜在意識を変えようとしていると先にドラが起きる。

僕のやっていることを見ていたドラもリリの耳元で囁く。

「ほら、料理しないとゴーストが来るぞ。掃除しないとゾンビが出るぞ。洗濯しないとスケルトンが襲ってくるぞー」

ドラが悪い顔で声を出さずに笑っている。

僕とドラは音を立てないようにハイタッチした。

「そう……ドラは私のことを敵に回したいみたいね。その小さな頭の中には学習するっていう機能がないのね」

リリの目がパチッと開く。

僕とドラは顔を見合わせ、ゆっくりと後ずさりする。

リリはゆっくりと上体を起こし立ち上がるとスッと剣を抜く。

「リリ、話せばわかる。な、パック」

「うん、うん。別に悪気はなかったんだよ」

「あら？　悪気はなかったの？　私も悪気はないわ。だけど、ちょうどいい穴も沢山あるし。一つや二つ新しいのが埋まっても大丈夫よね？」

「逃げろドラ！」

「ずるいぞパック！　僕を置いていくな」

「待ちなさいあなたたち！」

それからリリをなだめるまでかなりの時間を要した。


それにしても不思議なヴァンパイアだった。

どうしても今回は先入観から戦うことを考えてしまったが、もし次会うことがあれば話を聞いてもいいかもしれない。

第四章

翌日、朝から墓地へ行き穴を埋めるのと、草の焼却、それから墓石の清掃をした。

あの後ライアンさんを起こしたが、なんで眠ってしまっていたのかはわからなかったようだ。

だから僕たちも特には説明をしなかった。疲れが溜まっているんでしょうと言って僕の回復薬を渡しておいた。

ヴァンパイアはこの世界では忌み嫌われている種族だ。

救済の森では報告し退治をすることが必須になっているし、ヴァンパイアが僕たちを見逃してくれたと言っても信用してくれるかわからない。

でも、実際に現れた彼女は本当に何もせずにいなくなってしまった。もしかしたら、僕たちが知らないだけで、彼女の言うことにも一理あるかもしれないのだ。

「やっと終わりそうね」

「そうだね。これでゴーストたちが出てくることも当分ないだろうね」

僕たちは午前中のうちに作業を終わらせ、最後に聖水をまいてゴーストたちの冥福(めいふく)を祈る。

墓地は来た時とは違ってキレイになり新設のようになっていた。

「よし。それじゃあブレナさんの家に行って報告してこようか」

「そうだね」

今日は宿から歩いて来ていた。

ライアンさんは昨日で依頼が終わり、そのまま報告に行ったため、残りは僕たちだけが単独での仕事となったからだ。


街の中を歩いてブレナさんの家に向かっていると、ラリッサの街博物館という看板があった。

「ねぇパック、今日って後はブレナさんに報告だけでしょ？　あそこの博物館見ていかない？」

リリは昔から色々なものに興味を持つ。博物館の前には横断幕が張られ、そこには伝説の勇者の像展示中と書かれていたが、その上に盗難により中止と大きく書かれていた。

「リリ、でも中止って書いてあるよ」

「勇者の像がないだけで、他のはあるはずよ。ちょっとだけ行きましょ。せっかくだから観光しなくちゃ」

リリは半ば強引に僕の手を引いて博物館の方へ進んでいく。

別に後は報告するだけだから、問題はないけど。

僕たちは入口でお金を払い、博物館の中に入った。

博物館と言ってはいるがこの街の歴史資料などが飾られており、それほど大きいものではない。

入館料も子供のお小遣い程度の金額だった。

ただ、地方の街の博物館にしては色々な絵や像、綺麗な花瓶などが飾られている。

芸術的なものはよくわからない僕でも、色使いや、繊細な装飾品には目を奪われずにはいられなかった。

その中で、一番メインとされていたのが勇者の像だった。

だが、その像は盗賊に盗まれてしまったとのことで、代わりに勇者の像の模写が飾られていた。

「パック、この像ってどこかで見たことない？」

「この絵に描かれた像だよね？　僕もどこかで見たような気がするんだよね」

どこかで見た覚えはあるのだが……全然思い出せそうにない。

「パック、像よりご飯食べようぜ」

ドラは博物館にはまるで興味がないのか、魔物の絵を見てはずっと、

「これは食べられる。これは食べられない。あれは火であぶると美味い、これはダメだな」

なんて言いながら全部食べられるかを基準にして見て回っていた。

芸術を理解するのはなかなか難しいようだ。

「わかったよ。ここを出たら回復薬飲ませてあげるからちょっと待ってて」

「おっいいね。それなら待ってる」

ドラは本当に回復薬が好きだ。

たいがいのことは回復薬で手を打ってくれる。

意外とチョロイ。

僕とリリが勇者の像の展示場所に立っていると、髪に白髪の混じったおじさんから声をかけられる。

「やぁ、こんにちは。観光の方かな？　ここにあったのはこの街を救ってくれた勇者様の像なんだけど、先日盗賊に盗まれてしまってね。せっかく来てくれたのに生で見せてあげられなくて残念だよ。はぁ」

男の人は本当に残念なようで、絵を見ながら何度もため息をついていた。

「本当に愛されていた勇者様だったんですね」

「そうだね。この街の子供たちは必ず勇者様のように人を守れる人になりなさいって言われて育つくらいだからね。この街にとってこの像は象徴みたいな物だったんだよ。それが盗まれてしまうなんて、管理していた僕としては本当にどう責任を取ったらいいのやらわからなくて。おっとごめんね。こんな話を旅の方にしてしまって。いい作品が沢山ありますのでどうぞ続きを見てください」

「大丈夫ですよ。素晴らしい博物館、堪能（たんのう）させてもらいます」

僕たちが去ろうとするとおじさんはまだ話し足りないのか、再び話し始める。

「ありがとう。でも、あの像は街から借りていた物だから、街から補償金を求められているんだよ。それで、もうすぐここは所蔵する展示品を売り払って取り壊しになることが決まったんだ」

どうやら愚痴を言いたかったらしい。

「えっそんなに高い像だったんですか？」

「文化遺産としては価値があるが値段は安いんだけどね。領主様も頑張ってはくれたんだけど、それでも難しいようなんだ。ここの町長は昔からやり手だからね」

「そうなんですか。早く見つかることを祈っていますね」

「あぁありがとう。本当に引きとめてしまってすまなかったね」

そのおじさんは後で他の人から館長と呼ばれていたので、きっとここの責任者の人だったのだろう。

僕たちは結局あの像をどこで見たのか思い出せなかったが、他にも色々な物が飾ってあって、何げに博物館を楽しむことができた。

こんなに素晴らしい場所がなくなってしまうのはもったいない気がする。

領主っていうのはブレナさんの旦那さんのことなのだろうけど。領主でも対応ができないというのは……。

僕たちは余計なお世話かもしれないとわかっていつつ、博物館のことをそれとなくブレナさんに聞いてみることにした。

領主の館に行くと、昨日と同じ門番さんがいたためあいさつをする。
「こんにちは。今日は依頼の報告をしに来ました。中に入ってもよろしいでしょうか?」
「パックさん。どうぞ。主人がお待ちです。ところで昨日は回復薬ありがとうございました。何か起きた時に飲ませてもらいますね」
「いえいえ、そんないい物ではありませんので疲れた時にでも飲んでください」

門番は深々と僕に頭を下げてくれる。

別にそんなに気にしなくてもいいのに。

前回と同じように玄関まで行き呼び鈴を鳴らす。

さすがに二回目になると、この大きな家にも少し慣れてくる。

メイドさんは前回と違う人だった。

ここのメイドさんはどの人も綺麗で近くに来ると、とてもいい匂いがする。

僕が一瞬見とれてしまっていると、リリが僕のお腹を肘でつつく。

「ちょっとパック……横にこんな美人がいるのにメイドさんに見とれているなんて、どういうこと?」

「違うよ。ちょっといい匂いがするなって思っただけで」

「ふーん。それも悪いわよ」

リリに突っ込まれてしまったが、メイドさんは何も聞いていないかのように普通に案内をしてくれる。

「こちらへどうぞ」

また同じ部屋へ案内されるのかと思っていたが、今回は別の部屋らしい。

今日は二階の奥の部屋へと案内された。

「失礼します。旦那様、お客様がお見えになりました」

「どうぞ」

そこにはブレナさんと、この屋敷の主人らしい威厳のある立ち姿の男性がいた。

ピシッとした服装に、引き締まった身体。

年齢はかなり上のようにも思えるが、身体から溢れる気力は若い人に引けをとらない。

「初めまして。ブレナさんより墓地の清掃の依頼を受けましたパックと言います。こちらが仲間のリリとドラです」

「よくいらしてくれました。パックさん。私は領主のロイド・アレンです。よろしくお願いします。実はあなたにお礼が言いたくてお待ちしていたんですよ。どうぞ。こちらにお座りください。メアリー、お茶の準備を」

「かしこまりました」

メアリーと呼ばれたメイドさんは頭を下げるとそのまま部屋から出ていった。

僕は、まずゴーストやゾンビのことを報告する。

ヴァンパイアのことは……今回は害がなかったので報告はやめておいた。

今から探したところで見つかる可能性は低い。

それにゾンビがいなくなった以上、この街でヴァンパイアが何かをする可能性は低いからだ。

一通り報告が終わる頃にメアリーさんがお茶を持って来てくれる。

「どうぞ」

すごくいい花の香りのするお茶だった。

さすが領主ともなるとお茶も今まで飲んだことのないような素晴らしい香りだ。

「お墓の清掃の件、ありがとうございました。それも助かったんですが、今回はこちらの件でお礼を言いたくて」

ロイドさんは懐から一本の回復薬を取り出した。

それは昨日、ブレナさんに渡した物だった。

「それは僕が作った回復薬ですね。昨日ブレナさんにお渡しした物かと思うんですが？」

「そうです。実はここ数週間、私は原因不明のめまいや吐き気に襲われることが多くて。今回のライアンへの依頼もそうだったんですが、夕鈴草で抑えていたんです。でもそれがこの回復薬を飲んでからは完全に回復しまして。本当にありがとうございます」

「いえいえ、治ったなら良かったですが……」

僕にはちょっと疑問が出てくる。

今回渡した回復薬で吐き気やめまいが治るというのは聞いたことがなかった。

例えば、それが何か別の原因があるのであれば話は別だが……。

「どうかされましたか？」

「いえ、今回の回復薬はあくまでも疲れの回復や簡単な解毒などの用途で使われる物で、慢性的なめまいや吐き気の根本的な治療に使われる物ではないんですよ。それが治ったというのにちょっと違和感がありまして。今まで吐き気やめまいはどんな時に起こることが多かったですか？」

ロイドは少し考える。

「特に決まった時間や場所ではなかったかな。ここ数週間ずっと続いているような感じだったからね」

回復薬で回復するもので、数週間続くめまいや吐き気というのは今まであまり聞いたことがなかった。

もちろん、すべての病気を知っているわけではないが。

やっぱり、何かがおかしい。

「めまいが始まる前に何か特別なことや、おかしなことなどはありませんでしたか？」

「始まる前か……おかしなことではないが、ちょうど街に盗賊が現れた頃で、勇者の像が博物館から盗まれてしまった後くらいだな。町長との話し合いがこじれてしまって。めまいが治ったら話し合いを再開すると言ってそのままになっているんだが」

「町長との話し合いは？　それはどんな風にこじれたんですか？」

「街の英雄の像が博物館から盗賊に盗まれてしまってな、それを知った町長が館長に責任を取れと詰め寄ったんだよ。その像は歴史的に価値はあるにはあるんだが、値の張る物でもないし、また作り直せばいいと言ったんだが、町長は頑(がん)としてうんとは言ってくれなくてね。結局館長が、博物館の展示品を売って補償金を払うことになったんだけどね。それは可哀想だから補償金を私が払うと言ったんだが、それも断られてしまってね。盗(と)られた人が責任を負うべきものだって。なかなか町長もやり手で、私も領主ではあるんだけど揉めたくはない相手でね。それでまた話し合いをすることになってたんだけど、耳鳴りと吐き気が出てきてしまって延期になっているんだよ」

「町長と会った後にその症状が出てきたってことですよね？」

「そうだな。確か会った日の夜だった」

病気ではなく、嫌がらせにしかならないが長期的に吐き気とめまいを起こさせる植物があった。

朝日草(あさひそう)というその草の成分を飲まされると一時、吐き気やめまいがある。

本来症状はすぐに治まってしまうものなのだが、この草はある植物と一緒にとるとその症状がずっと継続してしまうという特性があった。

それは本来吐き気やめまいをなくす夕鈴草だ。

これを使うと一旦は落ち着いたような症状になるが、またすぐに症状が悪化してしまう。

「夕鈴草を使うといいと言ったのは誰ですか？」

「それは町長だけど？　ちょうど、翌日に忘れ物をしたからと家まで取りに来て、夕鈴草を飲むと治るって言われて渡されたんだよ。しかも生えている場所まで教えてもらって」

「町長が持っていたんですね？」

「あぁそうだよ」

夕鈴草は採ってから長くても一日以内に使わないと効果がなくなってしまう。

たまたま持っていたとは正直考えられない。

そうなると……町長は何かを狙って、故意に領主に吐き気やめまいを感じさせておいたと判断しても良さそうだ。

だけど……なんのために？

「盗賊は結局捕まらずですか？」

「そうだよ。確かマッシュとかっていう盗賊が率いている盗賊団らしいことまではわかったんだけどね。私たちも色々調べはしたんだが、それ以上のことはなかなかわからなかったんだよ」

僕とリリは顔を見合わせる。

マッシュは先日捕まえた盗賊の中にいた奴の名前だった。

あいつに話を聞けば何かわかるかもしれない。

「そうなんですね。とりあえずめまいと吐き気が治って良かったです。ちょっとこれからやらなければいけないことがあるので僕たちはそろそろ失礼します」

「あぁ悪かったね。引きとめてしまって。報酬はギルドから受け取ってくれ。少し多めに渡してあるから。それと墓地の清掃助かったよ。ゾンビが出ていたようで、ヴァンパイアが来るようになったら大変だからな」

「アハハハ……そうですね。聖水もまきましたのでしばらくは大丈夫だと思いますが、今後も定期的に掃除してもらった方がいいかと思います。それではこれで失礼します」

「本当にありがとう」

「ありがとうございました」

ロイドさんとブレナさんが二人とも僕たちのようなただの冒険者に頭を下げてくれた。

こんないい人たちの手助けができるなら、ちょっと頑張ってみてもいい。

僕たちは盗賊の元へ話を聞きに行くことにした。

領主の家を後にしてから僕たちはそのまま一旦街を出ることにした。

「パック、ロイドさんが言っていたマッシュってこないだの盗賊だよね？」

「そうだね。彼に聞けばどうしてこうなったのかもわかるはずだよね」

「ノエル村に置いてきた盗賊たちだよな？　もう処刑されているんじゃないのか？」

「わからないけどね。ドラ、悪いけど乗せてくれるか？」

「フッ……ついに俺の有能さを認めるようになったんだな」

「あぁ。頼むよ」

僕たちは、街から少し離れたところまでやってくると、ドラに元の姿に戻ってもらう。

本来のドラの姿は何度見ても大きくて、カッコイイ。

本当は恐怖の対象でしかなかったんだけどね。味方だとこれほど心強いものはいない。

僕はドラに優しく触れる。

「ドラ？」

「なんだパック？」

「カッコイイね！」

「バッ……バカ！　恥ずかしいことを言うな……でもありがとう」

「ちょっと！　二人だけで何盛り上がってるのよ！　私だって……私はパックの方がカッコイイと

思うよ！」

「リリ……」

僕はリリの可愛い目を見つめる。

リリは一瞬目を合わせたがすぐにそらしてしまった。

「口に青のりがついてるよ」

リリはそのまま予備動作なしで僕の肩に拳を放ってきた。

避けられず、思わず痛みに身体をくの字に曲げる。

「もうパックなんて知らなーい」

「相変わらずパックは……」

ひど過ぎる。今から街に行くから教えてあげただけなのに。

それともあれか？　領主に会う前に言ってあげなかったからこんなに怒っているのか？

僕は回復薬を取り出し一気に流し込む。

本当に、リリのツッコミは危ないんだからな。骨にヒビが入っていてもおかしくない。

「それじゃあ気を取り直して行こうか」

「それでどこへ行くんだ？」

「ノエル村に置いてきた盗賊は距離的にモンセラットへ連れていかれたはずだから、モンセラットだね。できるだけ長居はしたくないから用事を済ませてさっさと戻ってこよう」

「前に騒ぎを起こしたからちょっと離れたところに降りようね」

「よし！　それじゃあ背中に乗るんだ」

僕たちはドラの背中に飛び乗る。

ドラは僕たちがしっかりと掴まったのを確認すると空高くへ飛び上がった。

あっという間に地面が遠くなり、空に浮かぶ雲が近づいてくる。

「すごいねパック！」

「本当だね。リリあれを見て！」

「わぁーすごい！」

地上には緑色の絨毯（じゅうたん）がどこまでも広がり、遠くには綺麗な青い海が見える。

遠くにある山脈でさえ、小さな丘のように思えてしまう。

そして空には色とりどりの鳥や魔物が飛んでいた。

「空から見る地上ってこんなに綺麗なんだね」

「本当に。こんな景色を見られるなんて思ってなかった」

「パックとリリが見たいなら、いつでも連れてきてやるぞ」

「ありがとう。ドラ」

僕はドラの鱗（うろこ）を優しくなでる。

ドラは首をくすぐったそうに動かしている。

僕たちが空の散歩を楽しんでいるとあっという間にモンセラットが見えてくる。

「ドラ、そろそろ下に降りようか」

「あぁ。近くに他の人間がいないか一応気を付けて見ててくれ」

「はいよ」

ドラは街道から少し外れた森の中にゆっくりと着地をしてくれた。

僕たちが降りるとドラはまた小さなドラゴンへと姿を変え、僕の頭の上にやってきた。

「ちょっと休憩するから。後は頼んだぞ、パック」

「あぁありがとう。本当に助かったよ」

そこはモンセラットから歩いて三十分くらいのところだった。僕はドラが満足するまで回復薬を飲ませてあげる。

「よし、それじゃあ行こうか」

「うん」

僕たちは急いでモンセラットへ向かい、そこから街の犯罪奴隷が収容されている収容所へ向かった。収容所は中に入って城壁のすぐ側にある。堅牢(けんろう)な石造りの施設でかなり大きい。

それだけこの街や近隣では犯罪者が後をたたない証拠でもある。

僕たちはまず、受付に行きマッシュがここに収監されているかを確認する。

受付には簡易の武装をした兵士の人たちがいた。

「すみません。ちょっとお聞きしたいんですがここにマッシュって盗賊は収監されていますか？」

「ちょっと待て。まずは身分証明書と、あとマッシュとの関係について教えてくれるか？」

僕たちは冒険者ギルドの証明書を見せる。

マッシュとの関係……なんて答えるのが正解か。

盗賊を捕まえたのが僕たちなんて言うのもおかしいだろうし。

少し考えていると、リリが代わりに答えてくれた。

「ラリッサの街で盗難がありまして、それにこの盗賊のマッシュが関わっている可能性があるということで調査に来ました」

「そうか。何か証明書のような物はあるか？」

「いえ、特にそういった物はないんですが、必要なんでしょうか？」

「なくても問題はない。その代わり兵士が立ち会うことになるが大丈夫か？」

「もちろんです」

僕たちは収容所の奥の監獄へ案内される。

「嬢ちゃん！　助けてくれよ」

「へへへっ……」

「俺は無実なんだよ」

「早くここから出せって言ってるんだよ！」

牢屋の中からは様々な野次が飛んでくる。

僕はリリが男たちから掴まれたりしないようにそっと腰を抱き寄せる。

リリの身体が少しこわばるのがわかる。

さすがのリリもこれだけの数の犯罪者の中では緊張してしまっているようだ。

「ここだ。俺もここで立ち会わせてもらうからな」

「もちろんです」

兵士と僕たちが会話をしているとマッシュがこちらの顔を確認する。

マッシュの顔は青ざめ、ズボンの股間は見る見るうちに色が変わっていった。

どうやら、相当トラウマになっているようだ。

「やぁこんにちはマッシュ」

久しぶりに見たマッシュは僕たちを見た瞬間頭を地面にこすりつける。

「どうか、このまま殺してください」

かなり物騒なことを言ってくる。

もちろん、そんなつもりはないのに。

「ちょっと聞きたいことがあるんだけど？」

リリが話しかけただけで身体をビクッとさせる。

「はいっ、なんでしょうか？」

「ラリッサの街に盗みに入ったのを覚えている？」

「はい。覚えています」

「そこから銅像を盗んだと思うんだけど、それはどうしたの？」

「勇者の銅像でしょうか？　あれは洞窟の中に置いてきたままになっています」

置いてきたまま……？

確かによく思い出してみると回収した財宝の中に変な銅像があった気がする。

あれのことだろうか？

「どんな銅像なのかな？　教えてもらえる？」

「はい。変な男が空に向かって折れた剣をかかげて足元にゴブリンがいる銅像です」

うん。確かにそんな感じの銅像があった気がする。

後で確認をしてみよう。

「それで、なんでそれを盗んだの？」

「はい。ラリッサの町長から依頼を受けて盗みました」

「えっ!?　町長から？」

僕とリリは顔を見合わせる。

さすがに、それは予想外のことだった。

「はい。何か博物館の中の物で欲しい物があるとかなんとか言ってました。なので他の物は盗まないようにって。別に俺たちは報酬が貰えるならなんでも良かったんでそれ以上詳しいことは聞いていないんですけど」

「おいっそれはどういうことだ？」

僕たちの後ろで聞いていた兵士がマッシュに声をかけるが、マッシュは何も答えなかった。

そのままの体勢で小刻みに震えている。

「どういうこと？」

改めてリリが聞くとマッシュは、かぶせ気味で答えてくる。

「はっはい。町長は俺たちと組んでいたんです。町長が襲う村や街の警備情報などを渡す代わりに、町長にとって邪魔な人を消したり、金品の一部を渡すなどでお互いに協力をしていました」

どうやら町長は盗賊と繋がっていたらしい。

これで謎は解けた。

だから、あれほどまで盗賊団が大きくなったのになかなか捕まらなかったわけだ。

町長を捕まえて、領主へ突き出してやるしかない。

ただ、こいつの言うことが信用されるかという問題がある。

「どうやって指示を貰っていたんだ？」

「町長へ連絡をする場合にはラリッサの街の噴水の北側にある木の枝に紐をくくり付けておくんです。それを見た町長から連絡が来るようになっています」

「どうやって連絡が来るんだ？」

「ラリッサの街の墓地が今は荒地になっているので、日が沈んでからそこで待っていると連絡係が来るようになっていました」

確かに夜の墓地で荒地になっているような場所なら、他には誰も来たりはしないだろう。来たとしてもヴァンパイアくらいだ。

「ところでお前ここまで話して大丈夫なのか？」

「俺たちは大きくなり過ぎて、あの洞窟から去ることになっていたんです。なのでまだ町長は他の土地に移ったと思っているだけで捕まったのは知らないと思いますが、もし捕まったのがわかったら殺されてしまうと思います。でも、それだけの悪いことをしたので仕方がないと思います」

マッシュは心を入れ替えたのか、顔を上げるとどこか清々(すがすが)しい表情をしている。

「兵士さん、マッシュの証言で町長を捕まえられる可能性はどのくらいありますか？」

「そうだな……ほとんどないな。こいつと町長の関係を上層部に証明できればいいが、証拠がない以上白(しら)を切られて終わりだろう」

やっぱり証拠を突きつけてやるしかないようだ。

「マッシュをここから出すことはできないですよね？」

「それは……協力はしてやりたいが難しいだろう。それこそ、それなりに地位のある人が身元の引受人にでもなってくれれば別だけどな」

確かに僕たちではその役は難しそうだ。

「パック、そういえばラリッサの救済の森のトップがここに来ているってノーマンが言っていなかったっけ？」

「あぁ確か回復薬の交渉だかなんだかって言ってたな」

ラリッサの救済の森は今、経済状態がダメになった上に回復薬が高騰したとかでこの街に来ていたはずだ。もし協力ができるなら……。

そういえば……救護院も襲われたと言っていた。

「マッシュ、ラリッサの街の救護院を襲ったのもお前たちだな？」

「はいその通りです。ラリッサの街の救護院も自分の配下に置きたかったみたいです。でも今の新しいトップになってから、前の馬鹿のように使えず残念だって言ってました。それで財政難の救護院を襲うように指示を出されました」

どうやら救護院を潰そうとしたのも町長が絡んでいるらしい。

やはりこのまま放置しておくことはできそうもない。

自分の権力を強くするためには手段を選ばないとは。

「兵士さん、マッシュを今この街に来ていると思われるラリッサの救護院トップと会わせたいんですが、それは可能ですか？」

「あぁそれはもちろん可能だ。それにその人が証人になってくれるならこいつを牢から出すことだってできるだろうよ」

「わかりました。ありがとうございます。よしリリ、それじゃ救護院のトップを探して連れてこよう」

「うん」

「マッシュ、もう一度今の話をしてもらうけど大丈夫か？」

「もちろんです」

僕たちは急いで収容所を出てこの街の救護院を目指した。

できればあまり近づきたくないと思っていたが、こうなってしまっては仕方がない。

たった数日離れていただけなのに救護院はなぜか、非常に懐かしく感じる。

「パックどうする？　緊張しているようだけど中に入るのが嫌なら私が行って話を聞いてくるわよ」

「ありがとうリリ。でも大丈夫だよ。まさかこんなに早く来ることになるとは思ってなかったから少し緊張しているけど」

僕たちが救護院の扉を開けようと近づくと中から怒鳴り声が聞こえてくる。

「だから、こっちも回復薬の数が少なくて回すことはできないんだよ！　何回来てもらってもダメなものはダメだ。帰ってくれ」

目の前で急に扉が開き、中からはボロボロのマントを着た冴えない感じのおじさんが放り出されてきた。おじさんは勢いのあまりそのまま転倒してしまい、お尻を地面にぶつけ、そのまま後頭部を地面に強打した。

「イテテッ！」

「大丈夫ですか？」

「あぁ悪いね。空はこんなにも青く綺麗なのになかなか人生は上手くいかないものだ」

おじさんは倒れたまま空を見つめそうつぶやく。

頭を打ってだいぶまいってしまったのだろうか。

なかなか起き上がりそうにない。

僕は手を差し出し起こしてあげる。

「大丈夫ですか？」

「君は優しいんだね。助けてくれてありがとう」

彼が僕の手を取り引き上げると、彼の胸にあるブローチが見えた。

それは救済の森支部のトップを表すブローチだった。

「あなたは……もしかしてラリッサの救済の森のトップの方ですか？」

「あぁ、そうだよ。よくわかったね。君も関係者かな？」

彼は僕の手を握ったまま笑顔を向けてくる。

「初めまして、ここの救済の森で元雑用をしていて、現在は冒険者のパックです。こちらが仲間のリリとドラです。よろしくお願いします」

「あぁ、こちらこそよろしく。僕はラリッサの救済の森トップのオーランドだ。それももうすぐ名乗れなくなりそうだけどね。それで僕を知っているようだけど？　自己紹介したってことは知り合いってわけじゃないよね？」

オーランドはリリとドラにもあいさつをしてくれる。

「ラリッサの救済の森を襲った犯人についてちょっとお話をしたいことがありまして」

「もしかして盗賊が捕まったって話かい？　僕もそれは聞いたよ。でも、彼らが盗んだ盗品は全部根こそぎなくなっていたし、盗賊が盗んだ物は盗賊を退治した人に権利が移るからね。今さら盗賊を捕まえても仕方がないんだよ」

僕は一瞬目をそらす。

いくら権利が僕たちに移ると言われても、僕たちが根こそぎお宝を頂いてしまったので少し後ろめたい。僕はすぐに本題に入る。

「その盗賊たちに盗む指示を出していたのがラリッサの町長というのはご存知でしたか？」

「えっ？　なんだその話は!?　いや、あのいけすかない奴ならやりかねないか。でも……どういうことか詳しく聞かせてもらってもいいかな？」

僕たちは、もう一度収容所へ戻り、マッシュを交えてオーランドに町長の話をする。

「クソ！　どうりで救護院の経営もダメになっているし、庭園墓地の草も伸び放題になっているはずだよ。全部町長が裏で仕組んでいたからか」

収容所では先ほど対応してくれた兵士が同じように対応してくれていた。

「それで、オーランドさんどうされますか？」

「あっえっと……」

オーランドは兵士の方を見て言葉を詰まらせる。

「コルビーです」

兵士は自分から名前を名乗ってくれた。

「そうコルビー、このマッシュを買い取りたいんだが、いくらかかる？」

「取り調べはある程度終わっているので、後は犯罪奴隷として売りに出されるだけなのですが、このままオーランドさんに売ってしまっていいのか、ちょっと上司に確認してきますね」

「あぁ、悪いけど頼むよ」

コルビーはそのまま留置所から出ていく。

「ところでオーランドさん、お金あるんですか？」

「もちろんない。救護院の経営状況はかなりやばいからな。なんとか値切ってみようと思っている」

僕はオーランドさんにそっとお金を渡す。

「これは……？」

「どうぞ。犯罪奴隷だったらこれくらいあれば足りると思いますので」

僕は一般的な犯罪奴隷が買える金額より少し多めに渡す。

余ったお金は救護院のために使ってもらったらいい。

「ありがとう。大事に使わせてもらうよ。慈愛の女神ティス様のご加護がありますように」

オーランドは僕たちに大げさに祈りのポーズを取る。

「それでパックくん、これからどうするつもりなんだい？」

「もちろん、町長を捕まえて領主様に突き出しますよ。でも、そのためには決定的な証拠を掴まないと難しいと思います。なのでマッシュにもう一度町長を呼び出してもらいます。そこで話をさせ

「ところでいいのかい？　こんな面倒なことに首を突っ込んで。君は別にこの件に協力しても何も得することはないと思うんだけど」

「そうですね。損得で考えれば個人的にはまったく得することはないですね。でも、ラリッサの街ではまだ少ししか滞在していなくても、多くの人と知り合いになれましたし、その人たちを助けることが、結果的には僕のまわりの幸せにも繋がりますから。幸せの花は世界を回すってやつです」

「そうか。さすがだな」

この国のことわざに幸せの花は世界を回すというのがある。

生きていく上では沢山の理不尽なことが起こる。

魔物に無意味に襲われたり、貴族から無理難題を押し付けられたり、食事も毎日とれない人だっている。

だけど、殺伐とした世界でも助け合うことで世界は少しずつ変えることができる。

弱い人でも誰かの幸せを願い助けることで、誰かの心に幸せの花の種を植えることができるのだ。

その幸せの花は大輪を咲かせ、やがてまた沢山の種を作る。

そうやって、花を増やしていくことで、やがては自分や自分のまわりにも沢山の幸せな花を溢れさせることができるという考え方だ。

殺伐とした世界だからこそ、助け合いの精神は大切なのだ。

「さて、それじゃあラリッサの街に盗賊が捕まったのが伝わる前に、僕たちも急いで戻りましょう。

今から戻れば夕方には戻れるはずです」

「何を言っているんだ？　ここからだとどんなに早くても数日はかかるぞ」

「それは……」

そこへコルビーがちょうど戻ってくる。

「上の許可が下りましたよ。マッシュは犯罪奴隷として売っていいそうです。ただ、こいつが盗賊のリーダー格だったため少し値段は高くなりますが」

そこに示された金額は僕が渡した金額とほぼ同じだった。

もう少し安いと思ったのだが結構価値が高いらしい。

オーランドはその金額を見た時にあからさまにがっかりしていた。

僕が渡したお金で余りが出ると思っていたのだろう。

感じからすると、余ったお金をどう使うかまで頭の中でシミュレーションされていたようだ。

「もう少し……これは安くならないのか？　犯罪奴隷の相場はもっと安いはずですよね？」

「あぁー俺もそう上司に言ってみたんですけどね。こいつには懸賞金が結構かかっていたらしいんですよ。その分の上乗せがあったって話です。それとも他の奴隷にしますか？　他の奴隷はそれほど襲撃については詳しくないようですけど」

「くっ！　僕の金が……」

オーランドはしぶしぶコルビーにお金を払う。

そもそも、そのお金は僕のお金だし、この人はまったく損をしていないはずなんだけど。

オーランドとマッシュはコルビーに連れられ、マッシュの買い取りの手続きに席を外した。

「パックどうするつもりなんだ？」

「そうだね。このまま馬車で戻っても余計な時間かかるだけだから、ドラ、みんなを連れて戻れるかい？」

「戻れるけど……オーランドに僕がドラゴンだってバレてしまうけどいいのか？　そしたらみんなに正体が広まってしまってパックに危険が及ぶんじゃないのか？」

「大丈夫だよ。ゆっくり戻って町長に盗賊が捕まったってことが気付かれる方が問題だからね。スピード重視で行こう」

「パック、本当にいいの？　もしドラのことがみんなにバレたりしたら大変よ。それこそ国に捕まってしまう可能性だってあるわ。ドラだって血を抜かれたりするかもしれないわよ」

「ドラは大丈夫だよ。今までだって一匹でやってきたんだから。それにもしバレてしまっても、ドラを見てドラゴンだなんて信じる人なんてそうはいないよ。ドラが何も知らないフリをしてピクドラのフリをしてもらえばバレることはないと思うよ」

ドラもリリも心配してくれるが、もしドラのことがみんなに知れ渡っても最悪逃げればいいだけのことだ。だけど、町長のことをこのまま放置しておいたらそれ以上の問題が発生するだろう。

僕たちのことよりも街の人たちの安全の方が優先だ。

町長が何をしたいのかはわからないが、このまま好き勝手にさせていいはずはない。

「もちろん。オーランドにはできるだけ秘密にはしてもらうつもりだけどね」

「わかった。私も協力する」

「俺もだ。要はオーランドがしゃべりたくなくなればいいわけだからな」

リリとドラはお互いに目を合わせて頷き合う。

一瞬言葉に引っかかるが、さすがにリリとドラは何もしていないオーランドを脅かしたりはしないだろう。これからの方針の話し合いが終わった頃、元盗賊のマッシュの買い取り手続きが無事に終わり、オーランドたちと合流する。

「遅くなってしまってすまないね。なかなか値段を下げてくれなくてね」

オーランドは結局値下げ交渉をしてきたらしい。奴隷として連れてこられているマッシュがうんざりしたような顔をしている。

「大丈夫ですよ。後は、何かこの街でやることはありますか？」

「いや、もう特にないよ。モンセラットの救済の森にも回復薬の値段を下げてもらうよう交渉したけど断られてしまったからね。だいぶ粘ったのに本当にわからずやで頭が固すぎて困ってしまうよ。結局僕たちも救済の森から抜けるしか選択肢がなくなってしまった。今後は自分たちで回復薬とかをなんとかしていくしかないのが気が重いがね」

オーランドは残念そうな顔をしながら、両手を上げ首を振っている。

救護院の多くは全国的に有名な救済の森というブランドがあることで寄付が集まりやすかったり、信用度が上がったりするが、その分、救済の森へ毎月多額の寄付や回復薬を言い値で買わされたり不便な部分も多い。

続けるメリットもあるが、その分のデメリットもあるのだ。

寄付が集まりやすいのはいいとしても、高額の回復薬は結局街の人にその分金額を上乗せして販売をしなければいけない。

安く大量に回復薬を買えるというメリットがなくなってしまうと、いくら寄付が集まりやすくても回復薬が売れなければ救護院の経営は段々と悪くなっていってしまう。

そうすると残るのは本部へ送る多額の寄付だけになってしまう。

「どうしても救済の森からは安く回復薬は買えなかったんですか？」

「あぁ、生産数が少なくなったみたいなんだ。せめて回復薬を今まで通りの値段で卸してくれれば、うちも救済の森の救護院としてやっていく道もあったんだけどね。あの値段では街の人にも売ることができないし。それなら救済の森に頼らずに回復薬を手に入れた方が結果的に街の人のためになるからね。まずは街の人の幸せを考えないと救護院の存続の意味がなくなってしまうからな」

どうやら、オーランドがお金に厳しかったのは救護院をどうにかしたいという気持ちが強いからのようだ。私利私欲でマッシュを高い値段で買うのを嫌がっていたわけではないらしい。

それにしても、聖女は一日千本でも余裕で回復薬を作れると言っていたのにいったい何があったというのだろうか？

やっぱりドラに襲われたショックで……いや、あの人に限ってそんなことはあるはずはないか。それに新しい色付きの回復薬もいまだに街に出回っていないようだし。まぁもうクビになった僕が考えても仕方がないことだけど。

「それじゃあ、遅くなってしまったが、さっさとラリッサの街へ戻ろうか。町長を自白させる方法も考えないといけないし」

「そうですね。急いで戻りましょう」

オーランドは率先して高速馬車の方へ向かう。

オーランドはお金がないと言っていたが高速馬車に乗るお金は持っているのだろうか？

「オーランドさん、そっちは高速馬車乗り場の方ですがお金って持っているんですか？」

「そこは……領主様にお願いしようかと思っているんだけど、ダメかな？　街の危機だし払ってくれる気がするんだよね」

「それは……領主様に許可は取っていないってことですよね？」

オーランドは目的のためなら、あまり手段とか選ばないタイプらしい。

領主とどれほど仲がいいのかわからないが。

もう救済の森からも脱退したら、影響力もなくなってしまうのに。

この度胸はすごいと思う。

さすが街の救護院のトップまで上り詰めただけのことはある。

オーランドは素敵な笑顔を僕の方へ向け、

「あぁもちろん、事後承諾だよ」

そう言い放った。

やっぱりこれくらいの図々(ずうずう)しさは必要なのだろう。

まぁ、どのみちドラに乗せて帰るつもりだったのでお金のことはいいけど。

「オーランドさん、秘密って守れますか？」

「秘密？　もちろん君たちには恩もあるからね。犯罪に加担するようなことじゃなければ大丈夫だよ」

「とっても速い乗り物があるんですよ。ただ、それはあまり大っぴらにできないので」

「そうなのか……そんな乗り物があるなんて聞いたことないけど、高速馬車よりも速いってことかい？」

「そうですね。それよりも速いです。秘密を守って頂けるなら一緒にお連れしますよ」

「もちろん守るよ。恩人を裏切るなんてできないからね」

僕たちの会話を横で聞いていたマッシュが急にガクガクと震え出していた。

マッシュにとっては思い出したくない悪夢か。

相当脅かされていたからな。

「これはすごいね！　とてもいい眺めだ。家があんなに小さく見える。ほら見てくれよ！　海も見えるぞ！　ここからかなり遠いはずなのに小さな島々も。死ぬまでにこんな世界を見ることができるなんて僕は幸せ者だ！」

震えてうずくまるマッシュを横にオーランドはドラの背中から見る世界を堪能していた。

オーランドは先ほどからドラの背中で右へ動いたり、左へ動いたりしていて落ち着きがない。

「パックくんありがとう！　こんな素敵な体験をさせてくれて！　実は小さい頃、僕は絵本に出てくる竜騎士に憧れていたことがあったんだ。まさかこの年齢になって夢が叶うなんて思いもしなかったよ」

オーランドはドラの背中でかなり興奮していた。

今僕たちはドラの背中に乗り、優雅な大空の旅を楽しんでいた。

普通に街道を行ったら数日はかかる道のりでもドラに乗ればあっという間に着いてしまう。

「いえいえ、ただドラの秘密だけは守ってくださいね」

「あぁもちろんだとも。誰かに言いたくはなるが言ったところできっと信じてはもらえないよ」

とても嬉しそうに返事をするオーランドを見て僕は安心する。

これだけ、嬉しそうなら裏切る可能性も低いだろう。

まぁオーランドも言っているが普通、ドラゴンの背中に乗って旅をしたと言ったとしても、実際に目撃でもされないことには信用される可能性は低いだろうけど。

ドラゴンを飼いならすなんてことは普通はできないのだから。

「オーランドさん。もし、約束を守ってもらえない時にはラリッサの街から救護院がなくなることになると思ってくださいね。ドラもパックの命令なら一瞬で街を灰にすることだってできますから」

「そうだよ。僕にかかればあんな街一瞬で消し炭にしてあげるよ」

裏切らないと言っているオーランドに、リリとドラはさらに追い打ちをかける。

それを聞いたオーランドの横でマッシュはさらに大きく震え出した。

「こらこら、リリもドラもオーランドさんを脅かさないの」

ドラだと本当にできてしまうから困る。

だが、オーランドも冗談とわかっているのか笑いながら返してくれる。

「ハハハ、君たちを敵に回すほど僕は馬鹿じゃないよ。こんな素敵な体験をさせてもらって、感謝しかないからね。それにしても、これだけ高速で飛べるとあっという間にラリッサまで行けるね」

「ドラはかなり優秀ですからね。馬車の旅もいいですが、急ぐ時には空の旅が一番です」

ドラは褒められて嬉しいのか少し左右に身体を揺らしている。

落ちたら洒落（しゃれ）にならないからやめてもらいが、さすがにそんなことは言えなかった。

「本当に！　これは助かる。ところで、戻ってからはどうするつもりだい？　馬車で帰るつもりだったから馬車でゆっくり話し合うつもりだったんだけど」

「それは……」

僕たちはオーランドと一緒に町長を捕まえる作戦を練る。

領主にも許可を取らないといけないし援軍も必要になるだろう。

町長がどれだけの戦力を準備しているかにもよるが……。

そして、僕たちはあっという間にラリッサの街へ戻ってきた。

昼に出てその日のうちに戻ってこれるなんて、今までだったら考えられないスピードだった。

街の人に言ってもきっと誰も信じてはくれないだろう。

本当にドラは優秀だ。

「ドラ、助かったよ。ありがとう」

「うーん。疲れた。パックあれをくれ」

「わかってるよ」

僕は手から回復薬を出してドラに飲ませてやる。

ドラは小さい身体に戻って、全身で浴びるように回復薬を飲んでいく。

僕は量だけは沢山出すことができるからね。

ドラには好きなだけ飲んでもらおう。

「パック……くん？　そのドラくんに飲ませているのって、もしかして回復薬かい？」

「そうですよ。ドラは回復薬が好きなんで」

「そっ……そうか。いや、君たちについてはあまり深くは聞かない方が良さそうだ。うん。やめておこう」

オーランドはなぜか自分で自分を納得させるようにして頷く。

「それじゃあ準備を始めようか」

僕たちは町長を捕まえるために準備をすることにした。


その日の夜。

僕たちはマッシュに町長へ連絡をさせた。

オーランドには領主への援軍とノーマンなど救護院の戦力を集めてもらっている。

もちろん町長にはできる限り気が付かれないように隠密行動で迅速に仲間を集めてもらえるようにとお願いしてある。

僕とリリ、ドラは町長の連絡係との待ち合わせとなる庭園墓地が見渡せる場所で姿を隠して待機していた。

今マッシュは僕たちが見ている先、庭園墓地の端っこで連絡係を待っている。墓地内の草は僕たちがすべて刈ってしまったので見晴らしが良くはなっている。僕たちは墓石の後ろに隠れているので向こうからこっちは事前に隠れていることを知っていない限り見つかることはないだろう。

「パック、町長から連絡あると思う？」

「わからないけど、見れば連絡をしてくるはずだよ。町長にとってマッシュはここにいて欲しくない相手だからね。街に戻ってきたなんてことになったら、間違いなく接触をはかると思うよ」

僕たちが墓石に隠れてマッシュを監視することおよそ三十分。

遠くの入口から庭園墓地の中に入ってくる人の気配があった。

やってきたのは、若い男二人で全身の装備が不自然にならない程度に黒で統一されていた。

きっと闇に紛(まぎ)れるためのものだろう。

動き方にも隙がなく、気配がかなり抑えられている。

二人ともそれなりに腕が立ちそうだ。

男たちはマッシュのところまでやってくるとマッシュに話しかける。

まわりが静かな墓地のおかげで、僕たちのいるところでもなんとか彼らの会話を聞き取ることができた。

「なんでお前がこの街にいるんだ？　お前が戻ってくるとは予想外だったぞ」

「最後にもう一度金儲けをしようと思ってな。彼に会わせてくれないか？」

男たちはそれには返答をせずに剣を抜く。

マッシュも警戒して剣に手を置くが抜くまではいかず、様子を見ている。

「バカだな。鳴かない鳥なら殺されることもなかっただろうに」

「はぁ？　なんでお前らに殺されなきゃいけないんだ？」

「そんなの決まっているだろ。お前がここにいてはいけないからだよ」

男たちはマッシュに一気に斬りかかる。

だが、マッシュはそれを予想していたかのように距離を取り、剣を抜き相手の剣を軽く弾く。

「俺たちがいなくなって町長の力も落ちたのか？　庭園墓地もこんなにキレイに掃除されてしまって。秘密の待ち合わせ場所がこんなに開けてたらダメだろ」

「うるさい。これは勝手に旅の冒険者がやったんだよ。ゴチャゴチャ言いやがって。それが最後の言葉にしてやるよ」

男たちは二手に別れ、マッシュを前後から挟むような位置取りになる。

僕はマッシュを助けようと足を一歩踏み出そうとしたが、その瞬間、リリにそれを止められてしまう。

「パック、あれはマッシュを他の仲間が見張っていないかを試すための演技よ。ここで出ていってはダメよ。彼らの剣に殺意がまったくないわ」

僕はリリの言葉を信じて、出ていきたい気持ちを抑えてその場で待機する。

だが、リリの言葉とは裏腹にマッシュに少しずつ小さな切り傷が増えていく。

幸いにも致命傷にはなっていないが、ここからでは、マッシュが善戦をしているのか手を抜かれているのかもわからない。せめてもう少し明るければいいのだが、墓地の中はかなり薄暗い状況だ。

「リリ、本当にマッシュは大丈夫なのか?」

「大丈夫よ。あの二人マッシュの前後を挟んでいるように位置取りをして、視線はマッシュを見つつも、実際はその奥の茂みや人が潜んでいそうな場所を確認しているのよ」

確かに、僕たちからはかなり距離があるためここからではわかりにくいが、男たちの動きはどこか不自然だった。マッシュよりも手練れの二人がすぐに殺さず、いたぶるようにマッシュを攻撃している。

「さて、そろそろ終わりにしようか」

「見極めは終わりってことかな？」

マッシュも攻撃を受けていながらも、これが確認のためのステップであることに気が付いていたようだ。

男のうちの一人が魔法を唱えるとマッシュの足元がキラキラと光り出した。

「あれは氷魔法ね。それもかなり高位の拘束魔法だわ」

リリがそう言うと、マッシュの手首と両足、口のまわりを氷が覆い、あっという間にマッシュを拘束してしまった。マッシュはそのまま倒れるともう身動きできない。

「本当にこいつ一人で来たらしいな」

「あぁもし仲間がいるなら飛び出しているだろう」

「しかし、こいつもここで殺されていた方が良かったんじゃないか？」

「それは間違いないな。でも俺たちは言われたことをやるだけだ」

「あぁ」

氷使いじゃない方の男は軽々とマッシュを担ぎ上げると庭園墓地から出ていく。

墓地の入口にはこじんまりとした馬車が横付けされており、荷台には覗き防止のカーテンがつけられていた。

男たちは辺りを一度見渡し、まわりに人がいないのを確認するとマッシュを荷台に投げ入れる。

マッシュは何か文句を言っていたが、その声はもうどこにも響かなかった。

「リリ、それじゃあ僕たちも行こうか」

「そうね。マッシュは好きにはなれないけど囮（おとり）としては十分頑張ったからね」

馬車は目立たないようになのか、不自然にならない程度にゆっくりとした速度で進んでいく。

僕たちはつかず離れず適度な距離感を保ちながら馬車の後をつけていく。

時折、荷台から氷使いがまわりを見るように顔を出しているが、見当違いの方向を見ているためどうやら僕たちには気付いていないようだ。

馬車はそのまま何事もなく、街の外れにある廃屋のような建物へと近づいていった。


廃屋に着くと男たちは辺りを警戒しながらマッシュを担いで降りてくる。

馬車は男たちを降ろすと、そのまま街の暗闇の中へ吸い込まれるように消えていった。

「リリ、ドラ、ここからはさらに集中して行くよ。マッシュを助けて町長の悪事の秘密を掴まなきゃいけないからね」

「もちろんよ」

「わかってる。まぁもしダメなら僕が全部なかったことにしてあげるよ」

ドラのなかったことっていうのは、この街自体がなかったことになりそうで怖い。

僕がドラを見ていると、ドラは嬉しそうに手を振ってきた。

僕の心配はドラには一生理解されることはなさそうだ。

僕たちは気を取り直して廃屋へと近づいていく。

廃屋は壁に隙間ができている場所があり、中の明かりが外に漏れてきていた。

中の話し声から先ほどの男たち以外にも数人の男がいるようだ。

壁に開いた穴から中を確認すると、見える範囲で少なくとも男が七人いる。

ただ、感じとしてはもう少し多そうだ。

その中でも一番奥の椅子に偉そうに座っている男がいた。

男は顔が隠れるマスクをつけていたが、明らかに他の男たちとは質の違う服を着ている。

わざわざ他の男たちに合わせるように、少し汚してはあるものの、態度や動きを見ればそれなりの礼節を学んでいる身分だろうとわかる。

あれが町長だろうか？

偉そうな男は、転がされたマッシュを見下ろしながら声をかけている。

マッシュの口からは、いつの間にか氷のさるぐつわが外されていた。

「わざわざ俺に喧嘩（けんか）を売るために戻ってくるとはいい度胸をしているじゃないか」

「だから、何度も違うと言っているだろ。ダコタ町長。いい加減に俺の話を聞け。俺はただ稼ぎに来ただけだ。それに俺が仲間の元に戻らないとこの街は襲撃をされるぞ。いいのか⁉ さっさとこの拘束を解け」

「襲撃か……それはそれでいいな。さらにこれから街に起こる悲劇にスパイスが加えられる」

「はぁ？ どういうことだ？」

「まぁまぁ慌てるな。それよりもまずはお前のことだ。俺たちは今大事な時期だからな。不安の芽は取り除かないといけないんだ。なんでこのタイミングで戻ってきた？」

「博物館から展示品を奪うと言っていただろ。だから最後に俺の儲けを増やすために交渉をしに来たのさ」

「なんだお前？　あそこの博物館を襲うと思って戻ってきたのか？　バカだな。博物館を襲うなんて言ってないだろ。あれはもう合法的に俺の物になるんだよ。まぁお前らのおかげと言えばお前らのおかげだけどな」

ダコタは座ったまま偉そうな態度でマッシュを見下ろしている。

「町長が合法って言うと、何が合法なのかもわからなくなるな。それでどうやるんだ？」

「あっ？　何、簡単なことだよ。お前らが盗んだ銅像の責任を取らせて、博物館からコレクションを安く買いたたくんだよ。せっかく盗んでも飾れなければ意味がないだろ。領主まで病気にさせて根回しは完璧にやったからな。もうすぐ俺の作戦も完成だ」

「領主を病気にさせたのか？　あんたって奴は神様にさえ唾を吐きそうだな」

「当たり前だ。この世界では俺がルールだ。俺に従っていたから、お前だって美味しい思いができていたんだろ？　余計なことは考えるな。俺に従い、俺の命令だけを聞け。そうすれば必ずいい思いができる。俺はいずれここの領主を殺し、やがてはこの国の王になる男だからな」

町長のダコタは領主を病気にさせたことを自白し、そればかりか、この国の転覆まで考えているようだ。

どこからどう見ても小物にしか思えないが、それでも野望を叶えるだけの熱量と力、それに悪知恵は働くのだろう。

「はぁ。さすがだよ。やっぱりあんた以上の悪人はいないだろうな」

「当たり前だ。だが、俺が悪いわけではない。俺よりも弱くてゴミのような奴が俺の上に立って偉そうに見下ろしてくるのがいけないんだ。さて、お前も知っていると思うが俺は俺の言うことが聞けない奴が一番嫌いだ。お前らはのちのち私兵として雇ってやるために、この辺りから離れていろと言ったはずだが……俺の言うことが聞けないということだな？」

「ちょっと待て。俺たちはあんたに歯向かうつもりはない。ただ、もし博物館を襲撃をするなら俺たちの力が必要になるんじゃないかと思って来ただけだ。まぁ小遣いも少し欲しかったのは事実だが。役に立たないなら俺はもう退散するよ」

　マッシュは不自然にならないレベルで町長に対して大げさに対応をしている。

　なかなかの役者のようだ。

　盗賊をするくらいだから常に人を騙（だま）していたんだろう。

「本当か？　まぁお前らごときがもし何かをしても今さらどうにもならないからな」

「ん？　どういうことだ？　悪いが俺たちだってそれなりに戦闘ができると自負しているつもりだぞ」

　マッシュはダコタの態度が気に入らないとばかりにわざと突っかかっていく。

「お前たちには必要がないから伝えていなかったが、この街はもうすぐオーガの群れに襲われるのさ。今頃はこの街の北にいるオーガの群れから俺の手下がオーガの子供を誘拐しているだろう。最大戦力の一角だった救護院の兵士たちは大量に解雇されこの街を去った。今この街にある戦力は領主を除くと俺の私兵だけだ。もし、お前たちの仲間がこの街を襲ってくるなら、俺は面倒ではあるがオーガと共にお前たちの仲間もろとも処分してやろう。俺には人間の兵士以外にもとっておきの兵士がいるからな。オーガだろうとお前らだろうと勝てはしない」

ダコタはだいぶ前からこの街を完全に掌握（しょうあく）するための方法を考えていたようだ。

救護院から兵士がいなくなったのもダコタが裏で操っていたせいか。

町長としての権力だけではなく、私兵を持つことで武力でもこの街を支配していくつもりなのだ。

今回の事件はどうやら色々なものが町長の悪だくみによって繋がっていたようだ。

「救護院のトップが金を使いこんでいたという噂があったがそれもお前がやらせたのか？」

「あぁ、最初は真面目な奴だったんだよ。酒も女も何も知らない。庭園墓地がこの街の人気スポットになっていたのは先代のトップのおかげだろうな。金の使い方も堅実で、救護院の警備の兵士たちもそれはそれは強かったよ。だから……」

ダコタは少し面白いものを思い出すように笑みを浮かべる。

「だから……？　どうしたんだ？」

「フハハハッ！　酒と女とギャンブルに狂わせてやったのさ。人が計画通りに堕（お）ちていくというのは本当に見ものだったぞ。最初はハニートラップから始まって、酒を飲ませて、最後はギャンブル。今まで堅物（かたぶつ）だった男がどんどん堕ちていくんだ。最終的には救護院の金まで使いこんでな。本当に傑作だった。俺たちにはめられたのがわかって一人で乗り込んできた時にはもう、心もボロボロ。まともな判断もできなかったな。もちろん返り討ちにしてやったけどな」

オーランドになる前の救護院のトップが突然いなくなったと、ノーマンが言っていたことがあった。それもこいつがやったのか。

段々と僕の中からどす黒いものがこみ上げてくる。

つい握っていた手に力が入り、拳が小刻みに震えている。

リリはその僕の手を取り、ゆっくりと力を抜くように手を広げてくれた。

「パック、まだダメよ。怒りは視野を狭くするわ。今はできるだけ広い視野を持たなければいけない。怒りの感情は持ってもいいけど、頭は常に冷静にしておかなくちゃ」

リリは僕が本気で怒っているのを感じ取ってか、僕の頭を持ちそっと抱きしめてくれる。リリの胸からはドクドクといった心臓の鼓動が聞こえてくる。

「ありがとう。リリ。少し冷静になるよ。それにまだダコタの話は終わってないみたいだからね」

「うん。マッシュが上手く聞き出しているから最後まで聞こう」

マッシュはできる限りダコタから情報を聞き出そうと、まだ質問をしてくれている。

「結局そのダメなトップがいなくなった後の救護院はどうなったんだ?」

「あそこはもうダメだろうな。あの元トップの野郎は最後は自分たちが買ってきた回復薬を薄めて売ったりしていたからな。今回オーガに襲われた街の人間は救護院から高く買った回復薬を使って知るのさ。騙されていたってな。そして俺が救護院までも問い詰めて、この街の権力はすべて俺が手に入れる。完璧な計画だろ」

「なるほど。相当前から計画がされていたんだな」

「もちろんだ。お前たちが街の中で色々盗んだのだって計画の一部だ。お前たちが街の中で暴れてくれたおかげで街の警備は厳重になったが、外は手薄になったんだよ。外が手薄になったおかげでオーガたちはこの街の誰にも知られずに近づくことができる。わかるだろ？　できるだけ派手に街が襲われることで、俺は町長としてだけではなく、本当の英雄になるのだ。そしてついでに領主もオーガに襲われて俺の計画はすべて完成する」

「さすがだとしか言いようがないな。俺はオーガがやってくる前にさっさと退散させてもらう。オーガはいつこの街を襲ってくるんだ？」

「おいおい。冷たいことを言うなよ。ここまで話を聞いておいて帰ることはないだろ？　ちゃんと俺がお前も計画の一部に入れてやるよ。お前が帰らなければ仲間が襲ってくるんだろ？　いい話じゃないか。オーガに襲われ、盗賊にまで襲われる街。回復薬は薄めた物で約に立たず、この街の何割が死ぬんだろうな？　でも、最後まで戦い抜く町長とその仲間たち。これは後世に残る歴史的な話になるぞ。俺の銅像の第一号はこの街に建てられることが決定だな。おいっアス、やれ」

アスと呼ばれたのは先ほどの氷使いの男だった。

アスはマッシュの口を氷でふさいでいく。

「リリ行こう」

「そうね。パックの背中は私が守るわ。だから安心して」

「僕も、二人を守るよ」

「僕だってパックとリリを守るよ」

リリとドラはいつも頼もしい。

こんな仲間に出会えて僕は本当に幸せだと思う。

アスはマッシュの頭の上から剣を振り下ろすところだった。

僕たちはドアを蹴破り、ダコタの前に飛び出す。

「ダコタ町長！　お前の悪事はすべて僕たちが聞かせてもらった。大人しく捕まれ！」

「もしかして……マッシュ、お前が裏切ったのか？　残念だよ。頭が悪いとは思っていたが、主人の顔すら忘れてしまう駄犬だったとはな。まぁこんな援軍二人来たところで何も変わりはしない。こいつらの死体もオーガにやられたように偽装してしまえばすべては闇の中だ。やれ！」

部屋の中に男たちは全部で十人いた。

どの男たちもそこそこ腕が立つようだ。

「やれやれ、みんなで弱い者いじめなんて良くないよ。僕が代表してマッシュもろとも、この子たちをあの世へ送ってあげよう。眠るように静かに逝(ゆ)きなさい」

アスと呼ばれていた男が剣をクルクルと回転させると、剣から冷気のようなものが発せられ薄い靄(もや)となっていく。

僕がリリをかばうように前に出ると、リリは僕の手を握り引きとめる。

「パック、先に戦いたくてうずうずしているのはわかるけどダメよ。ここは私がしっかりと教育をしてあげるんだから」

「いや、リリに任せるとこの人たちまともに社会復帰できなくなるでしょ？」

「何を言っているのよ。マッシュだってちゃんと社会復帰したじゃない。それに、この人たちはもう社会に復帰させる必要はないのよ」

リリが僕の手を思いっきり引く。

僕の目の前をアスの剣が通り過ぎていった。

「ほら、パックが油断してるから」

いや、リリが僕の手を取って話しかけてきたから危なかったのであって、別に僕が油断していたわけではないと思うんだが。

「そこでいつまでもイチャイチャしているんじゃないよ。どっちが先に死のうがあの世ではまた会えるんだから。僕が苦しまずに殺してあげる」

アスの剣から出た靄は細かい氷となってリリに襲いかかってくる。

「リリ危ない」

ドラが炎を吐き出し、リリの前まで来た氷をすべて溶かしてしまう。

アスの氷よりもドラの魔法の方が上手（うわて）のようだ。

「ちっ！　やっかいな魔物を飼っているんですね。じゃあこれならどうです？」

アスは魔法を唱えながら踊るように剣を振るっていく。

今度はアスのまわりに少し大きめの氷の刃が浮かび上がってきた。

「これであなたたちは全員終わり。さよならだよ」

アスが得意そうな顔をしたところで、リリがつぶやく。

「はぁ。どうしてパック以外の男はこんなにもつまらない攻撃しかできないのかしら。もっと情熱を持って欲しいわ。こう血沸き肉躍るようなさ。楽しい感じにはならないのかしら？」

「好きに言ってろ。くらえ、氷の刃」

アスの派手なアクションで氷の刃がリリへと向かう。

ドラがまた炎で消そうとするがリリはドラに首を振ると、そのまま氷をすべて斬り付けていく。

どれほどの魔力が込められているのかわからないが、氷はリリの剣技によってかき氷へと姿を変え地面の上に積み重なっていく。

それを見ていた男たちは目の前で起こったことが理解ができないといった感じだったが、マッシュだけは男たちを見て憐（あわ）れみを浮かべた表情をしている。

「さて、次は誰が遊んでくれるの？」

「ふざけるな！　まだ僕は終わって……ない？」

アスが最後まで何かを言うまでに膝から崩れ落ちるように倒れた。

「自分が斬られたことくらいわかるようにならなくちゃね。人生もう一度やり直してきた方がいいわ」

「お前たち何をしている！　そんな小娘にやられる気か！　全員でかかれ！」

ダコタの声で男たちがリリを取り囲む。

「リリ、そろそろ交代しない？」

「パック、私今モテ期が来ているの。見て見て！　こんなに男性に囲まれて熱い視線を送られているのよ。わたし本当に困っちゃう。ねぇパック、ヤキモチ焼かないの？」

「リリ、ふざけていると後ろ危ないよ」

「大丈夫よ」

リリの後ろに回った男がリリに斬りかかるが、ドラが炎を吐いて牽制する。

リリはほらと言わんばかりに僕の方を見てくる。

僕は軽くリリに手を挙げるとリリは嬉しそうに男たちに斬りかかっていった。

完全に楽しんでいる。

そこそこ腕は立ちそうだがあれではリリにはかなわないだろう。

その間に僕はマッシュの拘束を解いてやろう。

「大丈夫か？　氷の腕輪は冷たかっただろ」

「俺は大丈夫だが、あの子一人でいいのか？　強いのは知っているがお前も加勢するべきじゃないのか？」

「あぁなってしまったらリリはもう止められないよ。元々が剣に愛されている存在だからね。リリは普段は可愛くていい子なんだけど、剣を持つと少し性格が変わるから」

リリは天性の剣の才能がある。なんと言っても『牽制』だからな。

「剣に愛されているか。まるで『剣星』だな」

「そうそうリリは『牽制』らしいよ。攻撃を牽制するのが得意みたいなんだ」

「ん？　パック……さん、リリさんは『剣星』なのか？」

「そうだよ。『牽制』だよ。避けるのが得意みたいだからね。変わっているだろ?」

マッシュは僕の方を見ながら大きなため息をつく。

なんだこいつ失礼な奴だな。

「パックさん、リリさんは剣の星と書いて『剣星』なんじゃないのか? パックさんの言っている牽制とは全然違うと思うんだけど」

「えっ? 嘘だ。だってリリはそんなこと言ってなかったよ。ねぇリリって剣の星って書いて剣星なの?」

「パック……今さら? でも、そんな時期もあったってだけで私は私。ただのパックの恋人よ」

リリがサラッとノーマンのところで使った設定を使い回してきた。

ここは正直に否定しておくべきだろうか。

いや、戦っている最中に動揺させると問題だからな。

ここはお決まりのスルーをしておこう。

スルーする技術というのも大人には大切なんだ。

正論だけが正しいなんてことはないからね。

僕たちが雑談をしていると、敵の男の一人が僕へ向かって斬り付けてきた。

どうやらリリとドラには勝てないと思い一番弱そうな僕を狙ったようだ。

「せめて、お前だけは道連れにしてやる!」

上段から無造作に僕の頭の上に振り下ろされてくる剣を僕はギリギリのところでかわし、彼の腕を持ってそのまま勢いを殺さずに彼の方へ回転させる。彼の剣はそのまま深々と彼自身に突き刺さっていった。

「かはっ！　なんでこんな奴らが……」

僕は回復薬を彼にかけながら、剣を引き抜いてあげる。

回復しながらでも相当痛いはずだ。

しばらくはそのままおやすみ。

「パック……いくら回復できるからってそれはえげつないわね」

僕がスリープの魔法で寝かしつけると男は大きないびきをかいて眠ってしまう。

さて、リリの方は……。

リリの方も殺さない程度に、絶妙な加減がされた怪我人の数が増えていっていた。

死にはしないが反撃もできず、動けないほどの怪我をして地面を転がりながら暴れている。

「何を言っているのさ？　リリに倒された方が生きていることを後悔してるくらいのたうちまわっているじゃん」

魔法を使う者や、何か特別な魔道具のような物を使う人もいたが、どれもリリの前ではほとんど役に立っていない。

僕は怪我をしたダコタの部下たちにスリープの魔法をかけ、意識をなくすと回復薬をかけてやっていく。

大切な証人だし、この人たちもマッシュのように犯罪奴隷として売れるだろう。

今回は救護院に寄付をしようかな。

そうすれば少しは運営費用の足しになるだろう。

「なんでこんな小童二人を倒せないんだ！　お前たちはこれからオーガと戦う精鋭だろ！　あぁもう！　こうなったら少し早いが本隊を投入してやる」

ダコタが部屋から逃げようとするが、部屋の真ん中ではリリがまだ暴れているため、リリを避けて脱出ができない。

「ダコタ、諦めたらどうだ？　俺もこの人たちに会って世間の広さを知ったんだ。あんな小さな盗賊団の頭をやってたからって威張っていたのが今ではあまりに馬鹿らしく感じる。小さな組織のトップになったからってなんの価値もないんだよ。お前も俺もな。結局はただの井の中の蛙だ」

「うるさいぞ。知ったような口をききやがって。お前と俺は全然違う。俺はこの国の領主になる男なんだ。お前のような雑魚盗賊と一緒にするんじゃない。いいか。絶対に俺はこんなところで捕まるわけにも、死ぬわけにもいかないんだ。誰か！　俺を助けろ！」

ダコタがそう叫んだ時、廃屋の入口が開き、そこから甲冑を着た領主のロイドさんが現れた。

「領主様！　これぞ天の助け！　さすが私は神に見放されていなかった。領主様この賊どもを捕まえてください。マッシュとかっていう、この盗賊を影で操っていたのが、この子供二人のようで」

ダコタはロイドさんに助けを請うがロイドさんはダコタを見たまま何も言わない。

「領主……様？」

ダコタもどうやら異変に気が付いたようだ。

「引っ捕らえろ」

ロイドさんの号令でダコタの部下たちがどんどん捕まっていく。

「どういうことだ！　このクソ領主！　俺に歯向かうとどうなるかわかっているのか？　この街を実質支配しているのは俺なんだぞ！　てめぇなんてただの飾りのクソじじいじゃねぇか！」

兵士がダコタを捕まえようとするが、ダコタもそう簡単には捕まりたくないのか剣を抜いて構える。ダコタの構えはその生意気な態度とは裏腹にしっかりとしたものだった。

「こんな者をずっと信用してきたのかと思うと本当に悲しくなってくる」

ロイドさんは哀れなものを見るようにダコタを見ている。

「パックくん。助かった。これでこの街は救われるだろう。愚かな領主の私を許して欲しい。オーランドからすべて聞いたよ。本当にありがとう」

ロイドさんが僕を抱きしめ背中をバンバンと叩いてくる。

何げに力強い人だ。

「お前ら……いったい何者なんだ？　領主にそこまでさせ、しかも盗賊のマッシュまでも味方に引き入れて」

「えっ？　ただのE級冒険者だけど？　たまたまこの街に寄って庭園墓地が荒地になっていたから手を貸しただけだよ。あそこが綺麗だったら、もしかしたらさっさと次の街へ行っていたかもしれないわね」

「はぁ？　そんな理由で俺が長年計画していた計画が壊されたっていうのか。お前ら絶対に許さないからな。こうなったらオーガがこの街を襲う前に俺がこの街を襲ってやる！　全員ここでおしまいだ！」

ダコタが懐から笛を取り出すと軽快な音楽を奏で始める。

それは聞いている人をどこか不快にするような音楽だった。

「俺がなぜ、こんな簡単に町長になれたのかを教えてやろう。俺には表の部隊だけではなく、陰の部隊があるのだ。どんな命令にも従う俺だけの部隊だ！　さぁ現れろ！　不死の軍団よ！　そしてこいつらを殲滅（せんめつ）するのだ！」

ダコタが大声で叫んだため、僕たちは一瞬身構え辺りを警戒する。

これがさっき言っていたとっておきってやつなのか。

だが、特に変わったことは起きない。

「なっなぜだ！」

ダコタがもう一度気味の悪い笛を吹くことで気分が不快になってくる。

「さぁ！　今度こそ出るのだ！」

だが、結果は同じだった。

「なぜだ。せっかくこの街の墓地に私の不死の軍団を隠しておいたというのに。なぜ現れない！」

ダコタはかなり慌てているようだが、墓地に隠した不死軍団……リリが再生不能になるまで切り刻んだスケルトンたちのことだろうか？

まぁ、僕たちがやらなかったとしてもヴァンパイアが連れ去っていただろうけど。

「リリ、あいつが言っているのってリリが掃除の時に切り刻んだ奴じゃないのか？」

ドラが小さな声でリリに聞いていた。

「えっ？　あれなの？　あんなの何匹いたって処理されて終わりでしょ？　違うわよ。だってドラ聞いてた？　あのおっさん不死の軍団って言ってたのよ。スケルトンは不死でもなんでもないし、それにあんな雑魚で勝ち誇っているなんて普通はないわよ」

「それもそうか。パックの聖水を使わなくても倒されていたような奴らだからな」

ドラとリリの何げない会話がダコタの最後の精神まで刈り取ったのか、もはやダコタは何も言えなくなっていた。

「クッ……ここまでバカにされて、このまま終わるわけにはいかない」

ダコタはポケットから火炎ボールを取り出すと近くの壁に投げつけた。

火炎ボールはファイヤーボールの魔道具版で攻撃や壁の破壊に使われることが多い。

廃屋だったこともあり、ダコタの投げつけた火炎ボールは簡単に壁に穴を開けてしまう。

「ダコタを逃がすな！　追え！」

ロイドさんの命令で兵士たちがダコタを追いかける。

後はもう追いかけるのは彼らに任せておけばいいだろう。

それよりもロイドさんへ報告することがある。

「領主様、明日の朝一でオーガの群れがこの街を襲うそうです。僕たちはオーガたちがどうなっているのか斥候としてこのまま見に行きたいと思うんですが、よろしいですか？」

「パックくん大丈夫かね？　かなり危険が伴うぞ。今オーランドも救護院の兵士を集めてくれているが、何せ一度ほぼ解散になってしまったからね。どれくらいの規模のオーガが襲ってくるのかはわからないが、今は街の方に戦力を集める作戦になっている。できればダコタの私兵も使いたいところではあるが、オーガどころか背中から攻撃を受けたらと思うと、明日の朝までに私兵を使うのは難しいだろう。斥候を頼むとしたらパックくんたちだけで行ってもらうことになってしまうぞ」

「領主様、大丈夫ですよ。僕には心強い仲間がいますから」

「わかった。できる限りすぐに応援が出せるようにこちらも手配をしておこう」

僕たちがオーガの群れを探しに行こうとしたところで、そこへノーマンがやってきた。

「良かった。間に合った。リリさん。あなたのノーマンが駆けつけましたよ。あなたのためでしたらこの命投げ出してもいい」

相変わらずノーマンはキザなセリフをリリに言っているが、さすがに領主の前だからかリリは蹴り上げるのを躊躇しているようだ。

リリはわざとらしく僕の後ろに隠れる。

「パック、私この人苦手なの。助けて」

ノーマンも、僕も不思議なものを見るような目でリリを見つめる。

ドラだけはリリの演技が面白かったのかケタケタと笑っていた。

僕たちが無言でいると、ロイドさんが助け舟を出してくれた。

「ノーマン、君はすぐに女性を口説くけど、怖がらせてはいけないよ。こんなか弱い女性を捕まえて。君は元救済の森の千人長なのだから。女性への扱いももっとスマートにならないと」

リリの顔を見るとなぜか目を輝かせているが、僕は……。

よし、オーガの群れを探しに行くか。

ノーマンはロイドさんの前ではめられたようだ。

「はい。きっ……気を付けたいと思います」

ノーマンもロイドさんには逆らえないのか少し戸惑っている。

リリとドラは困惑する僕たちを見ながら楽しんでいた。

絶対にまた蹴り上げると思っていたんだけどな。

ロイドさんにノーマンの相手をさせた方がいいと思ったのだろう。

「ところでノーマン、何しに来たんだ？」

「あぁ……オーランドさんからの指示で今は戦力を分散できないから俺だけパックたちに従えって」

「そうか。それじゃあ一緒にオーガの偵察に行こうか」

「オーガの偵察？　早速大変な役回りだな。でも面白い。それでオーガはどこにいるんだ？」

「街の北側ってことだが、詳しい場所まではわからない」

「まぁ行ってみれば、オーガなら大きいからわかるだろ」

僕たちはオーガを探しに街の北側へ向かうことにした。

街の北側には深い森が広がっており緩やかな斜面になっている。

北側と言ってもかなり広く今のところオーガの姿などは確認することができなかった。

それでも、探してみるしかない。

とりあえず行ってみるか。

僕たちが森の中を探索してしばらくすると、リリが小声で話しかけてきた。

「パック、オーガをドラに空から探してもらった方が早いんじゃない？」

空からの探索は僕も少し考えていた。

ただ、できるだけ街の近くで目立ちたくないというのもある。

今街では避難している人が沢山いる。

もし街の近くでドラが見つかった場合さらなる混乱を招きかねないのだ。

「うーん。そうだね。もう少し探してみて、見つからないようならドラに空から探してもらおっか」

「わかった」

それからも、夜の森の中で散策を続ける。

すると、森の中に住んでいる小さな魔物たちが僕たちの方へ走ってきた。

「パック！　魔物の大群よ！」

「あぁ！　リリ、ドラ、気を付けて！」

「俺も一応いるんだけど」

僕たちが魔物に向かって剣を構えるが、魔物たちは僕たちを避けるようにしてさらに先へと逃げていく。

「どういうこと？」

「何かおかしい！」

魔物たちがやってきた方角からバキバキッと木がへし折れる音が聞こえてくる。

木々の間から見える遠くの森の中にオーガたちの姿が見えた。

そのオーガたちのかなり手前には、ピックルという大型の鳥の魔物に乗った男女の二人組がいる。

彼らはピックルから紐を伸ばし、オーガの子供を引きずるように無理やり走らせていた。

「なんてひどいことを！」

「あのオーガの子供を助けるよ、リリ」

「うん」

ノーマンだけは納得がいっていないようで助けに行くのを一瞬渋っている。

「なんでだよ？　オーガたちを殺すのが俺たちの役目だろ？」

「ノーマン！　オーガだろうがなんだろうが、魔物に対してでも人間があんなにヒドイことをしていい理由にはならないんだよ」

僕とリリはノーマンを置いて、ピックルのところまで駆け寄りオーガの子供が繋がれていた紐を叩き切った。

オーガの子供は勢い余って転倒しそうになるが、僕はそれを優しく受け止める。

「ごめんな。人間がこんなひどいことをして」

オーガの子供は肩で息をしているが、命に別状はないようだ。

とりあえず、回復薬をその子に飲ませてやり縛られた手の紐を切ってやる。

オーガの子供はかなり怯えているようだ。身体を小刻みに震えさせ肩で息をしている。

ピックルは一度通り過ぎたが、すぐに僕たちの元へ戻ってくる。

「おいっ、おいっ。今からこのオーガの子供を街まで連れていかないといけないのに、何勝手なことしてくれてるんだよ」

「ほんとよ、ほんと。報酬が貰えなくなったらどうしてくれるのよ。ドノバン、早く行きましょ」

ドノバンと呼ばれた男は僕たちにいきなり、クナイを投げつけてくる。

「めんどくさいから、さっさと死んでくれよ。ニッキーとの二人の愛のために」

「そうねドノバン。愛してるわ」

二人はピックルに乗ったまま、オーガの子供を捕まえようと狙ってくる。

ドノバンはピックルの扱いに慣れているのか、足だけでピックルの動く方向をコントロールしクナイなどの飛び道具で僕たちが動きにくいように邪魔をしてきた。

「貰ったわ」

僕たちとすれ違いざまにニッキーが僕の腕からオーガの子供を奪い去ろうとするが、リリはそれを見逃さずニッキーの腕を狙い斬り付ける。

すんでのところで避けたのか、腕は切り落とされてはいないがニッキーは腕から出血している。

「ねぇ見てドノバン！　私の綺麗な腕を傷つけられた。もうこんな傷物になったらお嫁に行けない」

「大丈夫だよ。ニッキー！　僕はどんなニッキーでも受け入れるから」

そのままピックルの上で抱き合う二人。

いったい何を見せつけられているのだろ。

「何よ、あいつら！　パック、私たちもあいつらに見せつけてやりましょうよ！」

「リリ、今はそれどころじゃないよ」

オーガの子供は疲れがピークに達しているのか、先ほどから暴れもせずに僕の腕の中にいる。

森の奥からはオーガの親の叫び声が段々と近づいてきている。

「はぁお前めんどくさいなー。本当に空気を読んでよ。オーガを街まで連れていかなきゃいけないんだよ。こんなところじゃ目的を達成できないじゃないか。それに地味にそっちの女強そうだし。あぁイライラする！　ドノバンあれね！」

「わかったわ。ドノバンあれね！」

何をするつもりだ？

だが、こんなところでこいつらの相手をしている暇はない。

この子をオーガの元に戻さなければいけない。

「リリ、この子を頼む！　僕がこいつらを倒すよ」

「えっ……ちょっと待って！」

何をするのかわからないが、まずはこいつらの機動力を潰すしかない。

最初に潰すのはピックルからだ。

僕は剣を抜きピックルをできるだけ傷つけないよう配慮しながら斬り付ける。

ピックルは大人二人を乗せているとは思えないほど俊敏に動き、僕の攻撃を華麗にかわす。

躊躇してはいけないとわかっているが……僕が追撃をしようとしたところで、ドノバンとニッキーの魔法の詠唱が終わってしまう。

「行くよ、ニッキー」

「任せて、ドノバン」

二人が僕たちへ向けて手をかざすと急に目の前が真っ暗になり、身体が重くなる。

視界を奪う魔法ダークネスに……スピードを遅くするスロウの重ね掛けだ。

こいつらやり慣れている。

急いで僕は二人がいた方へ剣を向け、解除の魔法を唱える。

そう簡単にやられるわけにはいかない。

気配のするところに剣を振り回す。

当たりはしないが、それでもピックルが横を通り過ぎる音が聞こえる。

そして解除魔法のおかげで急激に視界が回復し、身体が軽くなる。

「リリ、ノーマン大丈夫!?」

「パック！　私は大丈夫！　だけどノーマンが！」

ノーマンは胸から腰にかけて大きな傷ができていた。

僕が一瞬動けなくなっている間にノーマンが斬り付けられたようだ。

いつの間にか、ドノバンの手には剣が握られ、ニッキーはオーガの子供を捕まえていた。

「ノーマン！　大丈夫か⁉　今、治してやるからな」

「俺のことはいいから追え。街に着いてしまったら俺の犠牲だけじゃなくてもっとひどいことが起こってしまう」

「わかったわ。パック急ぎましょう」

リリはあっさりとノーマンを置いていく決断をする。

ノーマンは僕のことを見て頷く。

「必ず戻ってくるからな」

「いいから行け！」

僕はノーマンに回復薬をかけて、彼らを追いかける。

先ほどよりも後ろから聞こえてくるオーガの叫び声が大きく聞こえる。

距離が段々と縮んできているようだ。

ピックルの逃げ足は僕たちが思っている以上に速かった。

「パックこのままじゃ引き離されるわ」

「わかってる」

ピックルは森の中を器用に高速で走り抜けていっている。

「バーカ！　バーカ！　悔しかったら追い付いてみなー！　お前の彼氏根性なし！」

僕たちが追いかけているのを知ったニッキーが僕たちを挑発してくる。

「うるさい！　パックは私にキスもしてくれない根性なしだけど、あなたと違って私は大切にされてるの！」

「ぷぷぷっ、あなたに魅力がないからでしょ。残念でしたー」

「絶対に許さない。パックこっちもあの手を使うわよ」

「あの手？」

こんな一生懸命追いかけているのに、離されているような状況でリリと一緒に使える魔法なんて覚えていたかと一瞬考えてしまう。僕のそんな予想を覆し、リリはドラを掴むと走るのをやめ、その場で大きく腕を振りかぶりニッキーへと投げつけた。

「ドラ！　行ってらっしゃい！　そんな小鳥一瞬で噛み砕いてやりなさい！」

「ふん、どこを狙っているんだよ」

ドラの気配を感じたのか、ドノバンはピックルの方向を変える。

だが、多少方向が変わったところでドラの身体から逃れることはできなかった。

ドラが周囲の木を薙ぎ倒しながら小さな身体から大きな身体に変化し、大声でピックルを威嚇(いかく)する。

「グギャァァァァァァァァーーーー！」

いきなり現れたドラゴンにピックルは驚き急に止まろうとするが、止まることができず、ドラに頭から突っ込む。

ドラの皮膚は石よりも硬いため、かなりの勢いで頭をぶつけたピックルはそのまま目を回して倒れてしまった。

「うっうわぁ！　ドラゴンだ！　逃げろ！　ニッキー！」

ドノバンはピックルの下敷きになっていたが、自分だけ抜け出すと、そのまま夜の森に走って逃げていく。

「待ってよ！　ドノバン！」

ニッキーの声が森の中に響くがドノバンは一切振り返らない。

「あらら、あなたの彼氏はドラゴンを前にしたら彼女を放置して逃げ出しちゃう腰抜けなのね。可哀想に」

リリが先ほどの反撃とばかりに嫌味を言っている。

「うるさいわね！　あなたみたいな女に私たちの永遠の愛の形がわかるわけないのよ」

「グッルウワッーーーーー！」

「ギャァーーーー！」

ドラがニッキーを一喝するとニッキーはそのまま意識を失ってしまった。

オーガの子供は地面に投げ出されていたが、さすが魔物の子だ。大きな怪我などはしていないようだ。

だが、気絶をしてしまい反応が薄い。

「よし、急いでこの子を連れてオーガの元へ行こう。説得なんてできるかわからないけど、街へ行くまでの時間を少しでも遅らせるんだ」

「そうね！　パック急ぎましょ！」

ドラが小さな姿になってリリの肩に乗る。

森の奥からオーガの悲痛な叫び声が聞こえてくる。

オーガにとっても自分の子供を連れ去られて、怒り狂っているに違いない。

それから、僕たちは来た道を戻ること数分。

そこには森の樹木を薙ぎ倒してやってくるオーガの姿があった。

オーガの手には大きな丸太や、鉄のこん棒などが握られている。

「オーガたちよ！　悪かった。この子を返そう！」

僕がオーガたちに子供を返そうと近づくと、オーガは一瞬動きを止めた。

わかってくれたのだろうか？

だが、オーガの子供が目をつぶったまま動いていないことがわかると、オーガは怒り狂い僕たちを潰そうとこん棒を振り回してきた。

回復薬を飲ませているし、ドラの威嚇に驚いたのか、放り出された時のショックでただ気絶しているだけなのだと思うが、それをオーガに納得してもらうことは難しい。

「パック、一旦この子を連れて逃げましょ！　そうすればオーガの群れを街じゃない方へ誘導できるわ！」

「わかった。その作戦で行こう」

僕はオーガの子供を抱きかかえたまま、オーガの群れから離れようと走り出したがオーガたちはそれよりも速く僕たちの逃げる方向へ回り込んできた。

街へ行かせないという当初の予定はクリアできそうだが、このままでは僕たちがオーガの群れにやられてしまう。

僕はオーガの子を安全な場所に一旦置く。

できればオーガたちを傷つけたくない。

甘いのはわかっているが。

「パック……この人数はなかなか……大変ね」

「あぁ、そうだね。リリ、ずっと一緒だよ」

「はぁ、こんな場面じゃないとパックはそういうこと言わないからね。もう！　私もずっと一緒よ」

「二人には悪いけど、僕もいるからね」

ドラはリリの肩から降りると再び大きな姿に戻る。

「グルウワァァーーー」

オーガたちがドラの威圧に負け一歩下がる。

「オーガたち！　僕たちはお前たちを傷つけたくない。だからどうか引いてくれ」

僕がオーガたちに声をかける。

なんとかわかって欲しいが……。

さすがにドラの威圧感にはオーガとはいえ、躊躇するようだ。

「おいっ何をやっている。私たちをバカにした人間たちをさっさと殺せ」

オーガの群れが二つに割れ、そこから角の生えた女性が現れた。

「嘘でしょ……あんなのが……こんなところで……」

「リリ、あの人……は？」

「あれは鬼人よ。オーガの上位種。滅多に人が見かけることはないわ。見た人はほとんど死んでしまっているから」

「あら、私たちを知っている人間がいるなんて珍しいわね。でも、私たちの村を襲うなんてことを後悔してもらうためにも、誰も生きては返さないわ」

僕の隣でリリが動く気配がした瞬間、リリは後方に吹っ飛ばされていた。

「リリッ！」

「あら、人の心配なんてずいぶん余裕ね」

一瞬で目の前に現れ、僕の顎に向けてパンチが放たれる。

自分で後ろに跳ぼうとしたが、僕の足を鬼人は踏んで押さえつけていた。

あっ……。

口の中に血の味が広がっていく。

早く回復しなくちゃ。血の味と共に回復薬を口の中に流し込んで飲み下す。

「ずいぶん器用なことをするじゃない」

鬼人が追撃しようとしたところで、ドラが鬼人へ火炎を放つ。

「パックに近づくな!!」

「ドラゴンが人間に従うなんてな。ドラゴンのふりをしているだけのトカゲなのかしら?」

「うるさい。僕は怒っているんだ。パックはお前たちを傷つけないようにしていたのに、いきなり襲ってきやがって」

ドラの身体から魔力が溢れ出す。

「お前ら下がってろ。このトカゲと少し遊んでやる」

「後悔するなよ。鬼人だろうが、なんだろうが仲間を傷つける奴は僕が許さない」

ドラと鬼人の魔力がぶつかりまわりの木々が弾け飛ぶ。

森の中が一瞬静寂に包まれる。

ドラと鬼人は視線で戦い合う。

どちらが先に動くのか。

その緊迫した空気の中で、静寂を破るように空から声が聞こえてくる。

「あら、あら、悪いけど街の近くでこんな危ない生物たちに暴れられると困るのよ。やるならどこか遠くでやってくれない?」

ドラと鬼人が魔力をぶつけ合うその上空にヴァンパイアが急に現れた。

「トカゲの次はヴァンパイアだなんて、なかなか面白い街じゃない」

ヴァンパイアは僕たちの前にゆっくりと降り立つ。

「ねぇ鬼人のお姉さん。ここで引いてくれない？　私たちはあなたと敵対するつもりはないのよ。そこのドラゴンと私相手に戦ったら、あなたの仲間たちだってただではすまないわよ」

「あんた面白いわね！　まさか私にそんな提案してくるとは思わなかったわよ。ただね。コウモリ風情が私に生意気な口をきいているんじゃないわよ」

「あらら、やっぱりダメか。じゃあ後はパックよろしくね」

ヴァンパイアがなぜか僕の名前を呼び、飛んで逃げようとしたところを、ドラが足を引っ張り捕まえる。

「そんなに急いで帰らなくてもいいじゃないか。お前も一緒に遊んでいこうぜ」

「ちょっと！　変態ドラゴンどこ触ってるのよ！」

ドラはヴァンパイアの足を持ったまま鬼人の方へ投げつける。

「こんな汚いコウモリを投げつけてくるな」

鬼人は投げつけられたヴァンパイアの足を器用に空中で受け止めると、そのままドラへ投げ返してくる。

「そう言うなよ。せっかく遊びたいって来てくれたんだから仲間外れは可哀想だろっ！」

「それもそうか」

鬼人とドラはヴァンパイアをお互いに投げ合いながら、魔法を使って高度な技のやりとりをしている。

完全に僕たちは蚊帳の外だ。

だが、僕がリリの方へ助けに動こうとすると、動かないように魔法が飛んでくる。

鬼人はドラへ対応していながらも、こちらへの注意も忘れていない。

でも、二回目からはドラがそらしてくれるようになった。

「ちょっと、あんたたちふざけるのもいい加減にしなさいよ！」

吸血鬼が一瞬で霧となって抜け出そうとするが、鬼人は魔力で霧になろうとしているヴァンパイアを固めボール状にして、ドラに投げつけてくる。

「おっ投げやすくなっていいじゃないか」

ドラは器用にヴァンパイアボールをシッポで打ち返したりしている。

なんだか、段々と緊迫した空気が和み、先ほどまでの殺伐とした空気が徐々に緩んでいく。

どこか、ドラと鬼人も楽しそうだ。

僕はゆっくりと、鬼人の動きを見ながらリリの方へ進んでいく。

時々魔法が飛んでくるが、ドラがそれも相殺してくれている。

二人の駆け引きの中でなんとか僕はリリのところへ行き、リリに回復薬を飲ませる。

「リリ、もう大丈夫だよ」

「うっ……ごめんパック。大事なところでパックを守れなかった」

「ううん。大丈夫だよ。僕の方こそごめん。次はちゃんとリリのこと守るから。ここで待っていてね」

僕はリリの手を力強く握る。

リリの手はとても温かくて太陽のようなぬくもりがあった。

ゆっくりとリリの手を離し、鬼人の方へ向き直る。

「お前のご主人様がやっとやる気を出したみたいだぞ」

「パックは強いぞ。僕に単独で挑んでくるつわものだからな」

「そうは見えないけどな」

先ほどからヴァンパイアの声が完全に聞こえなくなってきている。

高速で投げつけられている中で意識を失っているのかもしれない。

「ドラ、ヴァンパイアを解放してやってくれ」

「いいのか？　敵じゃなかったのか？」

「あぁ大丈夫だ」

ドラはシッポでヴァンパイアを地面に叩きつけると、鬼人の魔力からヴァンパイアが解放された。目を回してしまっているのだろう。せっかく解放されたのに逃げるそぶりすらない。

「せっかく楽しんでいたのにもう終わりか？」

「あぁ。パックが遊ぶのは終わりにしろって言うからな」

ドラが大きなシッポを地面に叩きつけると地面が大きく揺れ、オーガたちが一気にざわめき、怯え出す。

「お前ら面白い組み合わせだな。違った場面で出会っていたらと思うが……これも運命だね」

鬼人の魔力が上がり、オーガたちはさらに怯え出す。

オーガたちも鬼人が怖いようだ。

ドラと鬼人が睨み合い、先ほど一度ほどけた緊張感が徐々にまた高まっていく。

それでもどこか二人とも楽しそうな感じを受ける。

「パック、本気を出すぞ」

「いいよ。ドラ！　終わったら回復薬をたらふく飲ませてあげるよ」

「その言葉忘れるなよ」

ドラが魔力を高める度に、鬼人も合わせるように魔力を上げていく。

ドラもすごいが……それについていく鬼人の力も底が知れない。

その緊張感の中で拍子抜けする声が聞こえてきた。


「はぁ。まだこんなところにいたのか。オーガの群れには街を襲ってもらわなければいけないのに私の計画が狂いまくりですよ」


そこには先ほど逃げたはずのダコタがおり、手には火炎ボールが握られていた。

「お前よく逃げ切れたな」

「あんな雑魚たちから逃げるなんて俺には朝飯前ですよ。それよりも、よくも俺の邪魔ばかりしやがって！　まずはお前から懲らしめてやる！」

ダコタは僕に向かって火炎ボールを投げつけてくる。

こんな物で倒される奴がいると本気で思っているのだろうか？

攻撃で使われても人が投げる速度では余裕で避けられる。正直、破壊できるのは壁くらいだ。

僕はそれを剣で弾こうとしたところで、先ほど助けた子供のオーガが僕の前に立ちはだかり、火炎ボールから僕を守るために身を挺した！

「逃げろ！」

オーガの子供は振り返ると満足そうな顔で僕の方を見てくる。

次の瞬間、火炎ボールはオーガの子供を全身火だるまにする。

急いで消さなければ！　僕は回復薬をその子にかけ火を消しながら話しかける。

「わざわざ僕を助けてくれたのか……？」

「僕を……助けてくれた……お返し……」

オーガの子供はどこか満足そうな顔をしている。

本当は人間がこの子を誘拐して連れてきて、傷つけたはずなのに。

この子はなんて優しい子なんだ。

僕はこの子にもう一度回復薬を飲ませてやる。

もう傷つかなくていいように、この無意味な戦いを終わらせよう。

「なんだお前？　回復術師なのか？　ここで殺すのはもったいないな。俺の下僕として使ってやってもいいぞ」

「ダコタ。お前にはこの状況が理解できていないようだな」

「本当に……可哀想」

「こんなに残念な男初めて見た」

ドラと鬼人がダコタの方へ身体の向きを変える。

「こいつがすべての元凶か」

「そうだ。人間の街を襲わせようとしているのもコイツだ。オーガたちはそんな策略に乗るのか？」

「乗ってやってもいいが……だが、私の仲間を今襲ったこいつを、まずは許すことはできないな」

「なら、やることは一つだろ？」

ダコタは状況が理解できてきたのか顔色が段々と青くなっていく。

「お前たち、話せばわかる！　すべての元凶はそこにいる小童どもなんだ！」

「何も話をする必要はない」

鬼人はそのままダコタを一撃殴りつけると、ダコタはそのまま木に打ち付けられ動かなくなってしまった。死んではいないだろうが……あれでは意識を保っているのは難しそうだ。

「まだ、僕たちと戦うつもりか？」

「いや、お前ら人間が子供を誘拐したのが原因だが、助けてくれたのもお前らだからな。私たちもこのまま撤退しよう」

「助かる」

僕たちが和解し鬼人たちが撤退しようとし始めたところ、森の中に霧が充満していく。

あれ？　この霧って……。

気が付くとオーガや鬼人、ドラたちもゆっくりと意識を失っていく。

ヴァンパイアの眠りの魔法だ。

いつの間にかヴァンパイアが起き出し、魔力で辺りを埋め尽くしていた。

「これはさっきの仕返しか？」

「そうね。仕返しというよりも、ちょっとした嫌がらせかしら？」

ヴァンパイアはどこから取り出したのかペンのような物で、眠ってしまった鬼人の顔に落書きをし始めた。

「そんなことして大丈夫なのか？」

「さぁ？　でも寝込みを襲われて殺されないだけマシじゃないかしら」

それは確かにそうだが……鬼人は綺麗な顔をしていたが、今では口まわりに黒い髭が描かれたり、それは見るも無残な姿にされていた。

「意外とやることが陰湿なんだな」

「違うわよ。これは戦略的な精神攻撃よ。武力で勝てないなら他で仕返しするしかないでしょ。やられっぱって性に合わないのよね」

「まぁ別に僕には関係ないからいいけど」

僕はそのままリリとドラを起こす。

「そっちのドラゴンにもいずれ仕返しするけど、街を守ってくれたから今回は見逃してあげる」

「あぁ、そうしてもらえると助かるよ」

ヴァンパイアはしばらく鬼人の顔に落書きをしていたが、僕たちは先にダコタを捕まえ街へ戻ることにした。いつまでも付き合っていて二戦目が始まったら困る。

僕たちはそのまま森から出る。

まもなく街に入るというところで、森の中からヴァンパイアの叫び声が聞こえた気がするが、きっと気のせいだろう。

さて、僕たちもダコタを引き渡したら次の街へ行こうか。

次は……。

あれ？　そういえば森の中に何か忘れてきたような気がするが……思い出せないってことは気のせいか。僕たちは次の旅の準備をしなくては。

次はもっと楽しい旅になるといいな。

エピローグ

「オーランドさん！　オーランドさん！　いらっしゃいますか？」

救護院の外から大声で叫ぶ声が聞こえ、ドンドンとドアを叩く音が聞こえる。

「はい。今出ますよ」

パックたちが鬼人と対決してから数日後、ラリッサの街の救護院は救済の森から完全に脱退し、今後は規模を縮小して運営をしていくことになった。

救済の森からの脱退により回復薬の安定的な供給はできなくなったが、どのみち高額な回復薬と高い寄付金を取られることを考えれば、小規模になっても地域に密着した運営を志した方がいいという結論になったのだ。

救護院から出ると、そこには街の兵士が立っていた。あれから、特に問題はないと思うのだが……。不思議に思って兵士に来た目的を確認をする。

「こんにちは、今日はどのような用件でしょうか？」

「お疲れ様です！　先日捕まえたダコタ元町長の部下が犯罪奴隷として売れたのでお金をお持ちしました」

兵士がなぜそんなお金を持ってくるのか理解できなかった。一瞬戸惑ってしまう。

ダコタを捕まえたのはパックたちであり、助力するにはしたが、そのお金を救護院で貰ういわれはないからだ。

「それは……パックくんたちのお金だと思いますが？」

「あっはい。それはそうなんですが、彼らが捕まえた犯罪者の報奨金はすべてこちらの救護院に寄付するようにと旅立つ前に頼まれていまして」

パックたちはダコタを捕まえた後、すぐに調べたいことがあるからと言って旅立っていった。まさか、彼らがわざわざそんなことをしてくれるとは……本当に感謝しかない。

彼らがこの街に滞在していた数日間というのは、本当に女神の奇跡だとでも言わんばかりのことが沢山あった。

彼らが街から出ると言った日の朝、博物館には盗まれたはずの勇者の銅像が戻るという不思議な出来事があり、そしてパックたちを助けるために一緒に行かせたノーマンは、致命的な傷を負ったと言っていたが目が覚めると傷が完全に回復していたという。

しかも、その後にノーマンは森で顔に落書きをされた鬼人と出会い仲良くなって帰ってきた。

その鬼人はこの街を襲う予定だったが、人間の意外な良さに気付かされてやめたなんて、冗談を言うほど気さくな鬼人だった。

ノーマンがどうやって仲良くなったのか聞いたところ、なんでも寝ているうちに顔に落書きをされたらしく、その顔の汚れをキレイに落としてやったことから交流が始まったらしい。

その鬼人は人間に興味が湧き今はこの街に引っ越してくるとか言っているようだ。

鬼人は本来人間とは敵対する種族のはずなのだが、領主様も友好的でいられるならと、今後鬼人のいるオーガの村と定期的な交流が持たれる感じになっていた。

パックたちはこの街の政治腐敗に始まり、色々な問題をあっという間に解決していってくれた。本当に女神の使いなのではないかと思ってしまう。

予算がなくなって、しばらくできなかった庭園墓地の清掃は、今は街の人々が中心になってやってくれるという話になっている。

庭園墓地はこの街の人にとってもやっぱり美しくあって欲しい場所なのだ。

それと、驚いたのが月宮のウサギ亭の娘のレイナだった。

彼女はまだ幼いのにパックからクリーンの魔法と、なぜか普通のファイヤーの魔法ではなく口から炎を吐く魔法を覚えたと言って、庭園墓地の掃除を積極的に手伝ってくれている。

普通は口から炎を吐くなんてことは、ドラゴンくらいしかやらないが、きっとドラが何か教えたのだろうと思う。


そしてもう一つ。

パックがいなくなってから、回復薬の在庫を確認しようとしたところ救護院に置いてあった空き瓶の中すべてに回復薬が入っていたのだ。

あれだけあれば、この街で使う分なら数年は大丈夫だ。

パックがやってくれたのだと思うが……なんともそれはわからない。彼らの奇跡の力は詳しくは聞いてはいけない。そんな気がするのだ。

彼らはいつの間にかに来て、人助けをして、そしてその功績を自慢するわけでもなく去っていった。彼らこそ本来救済の森が目指していたところの人物だろう。

「オーランドさん？」

「あっ悪い。彼らのことを思い出していたんだ。報奨金の話だね。ありがたく受け取っておくよ」

いつの間にか彼らのことを考えてしまっていた。

「あっわかりますよ。彼らは本当にすごい人たちでしたからね。それではここに受け取りのサインお願いします」

「ありが……！　なんだこの大金は？」

そこにはこの救護院の数年分の運営資金となるだけの額があった。

「あっ領主様からの特別報奨も含まれていたんですが、それも全部寄付をしてくださいって話していたのでかなり多くなった感じですね」

「いや、本当にまいった。何から何まで世話になったのに、何も返せていないじゃないか」

パックたちにいつか返せるように僕もここの救護院を発展させるしかない。

それから、ラリッサの街は鬼人やオーガと協力し救護院の力が増し発展していく。

そしてレイナはドラゴンから魔法を教わった女の子としてのちのち冒険者として活躍していくがそれはまた別のお話。

あとがき

この度は、この本を手に取ってくださってありがとうございます。著者かなりつです。

この本をより快適な気分で読んで頂くために、まずはそのままレジへ持って行って頂き、オシャレで素敵なカフェなどでコーヒーや紅茶などを飲みながら優雅な気分で読んで頂ければと思います。でも、自分はオシャレなカフェとかドキドキしてしまって入れないタイプなんですけど。

さて、今回のあとがきですが、作品の内容については本編で確認をしてもらえればと思います。ですので、ネタバレ的なものは一切含まれません。

ちょうどこの作品を書き出した時というのは、世間では自粛が求められている時でした。自分に何ができるのか？　そう考えた時にできることなんて限られていました。家にいることがみんなの役に立つという時でしたからね。だから、少しでもあなたに楽しんでもらいたくてこの作品を書き上げました。少しでもあなたの役に立てていたら嬉しいです。

現実ではどう頑張っても辛いことや嫌なことが起こったりします。現実で嫌なことから逃げられない、そんな時こそライトノベルで気分を変えてもらえたら著者として最高の喜びです。

最後になってしまいましたがこの本の出版にあたりお世話になりました編集部・出版社の皆様、イラストを描いてくださったｒｉｒｉｔｔｏ様、その他協力してくださった方々、ＷＥＢ版から応援してくださっている方、両親、兄弟、友人たちそしてあなた。いつも応援ありがとうございます。

BKブックス

聖女の雑用係をクビになった僕は幼なじみと回復スキルで世界最強へ!

2020年9月20日　初版第一刷発行

著　者　かなりつ

イラストレーター　riritto（リリト）

発行人　大島雄司

発行所　株式会社ぶんか社

〒102-8405　東京都千代田区一番町29-6
TEL 03-3222-5125（編集部）
TEL 03-3222-5115（出版営業部）
www.bunkasha.co.jp

装　丁　AFTERGLOW

編　集　株式会社 パルプライド

印刷所　大日本印刷株式会社

ISBN978-4-8211-4568-3

Printed in Japan